MILLE ET UNE AVENTURES

Catalogage avant publication de Bibliothèque et Archives Canada

Sauvé, Sophie

Mille et une aventures

(Collection Littérature érotique)

ISBN 978-2-7640-1178-2

I. Beauchamp, Guy. II. Titre. III. Collection : Collection Littérature érotique (Montréal, Québec).

PS8637.A817M54 2007 C843'.6 C2006-941682-6

PS9637.A817M54 2007

LES ÉDITIONS QUEBECOR
Quebecor Média
7, chemin Bates
Outremont (Québec)
H2V 4V7
Tél. : 514 270-1746
www.quebecoreditions.com

Éditeur : Jacques Simard
Conception de la couverture : Bernard Langlois
Illustration de la couverture : Gettyimages/Digital Vision/ Mats Bergen
Conception graphique : Sandra Laforest
Infographie : Claude Bergeron

Nous reconnaissons l'aide financière du gouvernement du Canada par l'entremise du Programme d'aide au développement de l'industrie de l'édition (PADIÉ) pour nos activités d'édition.

Gouvernement du Québec – Programme de crédit d'impôt pour l'édition de livres – Gestion SODEC.

Imprimé au Canada

MILLE ET UNE AVENTURES

SOPHIE SAUVÉ
•
GUY BEAUCHAMP

LES ÉDITIONS
Quebecor
QUEBECOR MEDIA

Prélude

Vous trouverez ici des histoires, vécues ou inventées, composées de fantasmes, de désirs.

Nous avions commencé à nous envoyer par courriel des histoires érotiques que nous complétions à tour de rôle. Il écrivait un paragraphe, moi le suivant, et ainsi de suite. Le but était de nous exciter l'un et l'autre et de pimenter notre vie. Au bout d'un certain temps, nous décidâmes de changer les règlements. Nous écrivions chacun une histoire du début à la fin et chacun offrait sa rétroaction relativement à son degré d'excitation et au contenu de l'histoire. Il changeait quelques parties, rajoutait des choses, en supprimait d'autres, et je faisais de même pour ses nouvelles.

Voilà pourquoi nous désirons partager avec vous nos petites histoires coquines, en espérant qu'elles vous feront l'effet désiré.

Bonne lecture !

Guy et Sophie

Quelle soirée !

À mon arrivée du travail après une semaine surchargée, Guy vient m'accueillir à la porte pour m'embrasser et m'annoncer qu'il a déposé les enfants chez une gardienne pour la nuit et que nous allons passer une soirée de couple afin de nous réénergiser un peu et ne pas oublier notre vie amoureuse si négligée depuis quelque temps. Il m'ordonne alors de tout lâcher (mon sac à main, mes clés, papiers, etc.) et d'aller m'étendre dans le bain chaud qui m'attend au deuxième étage. Il m'avise de porter le vêtement qu'il a laissé sur le comptoir et de redescendre une fois bien détendue. Un petit sourire éclaire mon visage lorsqu'il s'approche et m'embrasse doucement mais passionnément, une main à mon visage, l'autre sur la fesse gauche. Il me regarde ensuite droit dans les yeux et d'une petite tape taquine sur la fesse, il me dit: « Allez, hop ! dans le bain, le temps que je prépare le reste. » Croyez-moi, il ne me l'a pas dit deux fois. Je monte lentement les marches, contente et excitée de cette soirée surprise qui m'attend.

Me demandant ce qu'il a planifié pour nous, plein de petites idées courent dans ma tête aussi coquines les unes que les autres. Je me dénude tranquillement et contemple mon air fatigué dans le miroir. J'aperçois le petit déshabillé noir, sa couleur favorite pour les petites tenues, qu'il m'avait réservé. Je souris, me retourne et me dirige vers le bain. Je m'immerge lentement. Je me sens déjà mieux juste à savoir qu'il a pris le temps de nous faire plaisir. Je dois admettre que mon sang s'échauffe sous cette eau chaude et paisible. Je me fais des scénarios dans ma tête. Les yeux fermés, je me détends et je commence même à être excitée. Ma main frôle mes seins. Ils sont chauds, doux. Je passe mon pouce sur mes bouts qui durcissent à son contact. Mon niveau d'excitation augmente avec ces idées folles qui trottent dans ma tête. Je glisse ma main lentement sur mon corps, j'entrouvre mes jambes et je sens l'eau chaude chatouiller ma vulve. Je m'amuse à ouvrir et à fermer les cuisses lentement afin de laisser ces petites vagues chaudes envahir l'entrée de ma chatte et chatouiller mon clitoris qui gonfle à chaque minute. Je soupire. D'un doigt, je frotte doucement mon clitoris qui en demande plus. Je glisse mon majeur du dessus de ma vulve jusqu'à mon clitoris pour finir complètement enfoui au fond de ma chatte.

L'intérieur de mon corps est encore plus chaud que l'eau de mon bain. Je me donne à un mouvement de va-et-vient lent mais constant. De mon autre main, je pince doucement le bout de mes seins qui, bien qu'ils soient petits, adorent l'attention.

Soudainement, j'entends une musique de fond qui me distrait. Je reviens à moi et cesse de caresser mon corps maintenant en feu. Je sors. Je regarde mon corps nu, trempé et excité devant le miroir. Je me masturbe en regardant ma réflexion. Voir mon doigt disparaître et ressortir de mon vagin et entendre ce petit son de mouille m'excite encore plus. J'arrête à nouveau, je ne veux pas exploser tout de suite. J'ai trop hâte de voir ce qui m'attend à la cuisine.

Je décide de me faire belle. Je prends le temps de me maquiller ; un peu trop même, afin de me donner un look inhabituel et osé. J'enfile le déshabillé noir qu'il m'a laissé et descends. Mes cheveux, encore mouillés, coulent le long de mon bras et de mon dos, collant le satin du déshabillé sur ma peau. Je rejoins Guy à la cuisine. Je suis émerveillée de voir une table illuminée par deux bougies, une assiette remplie de riz, une autre de légumes, un pot à fondue dont l'odeur du bouillon envahit la cuisine, et deux coupes de vin rouge. Il y a une musique douce en arrière-plan. Mon amour ne porte qu'un jeans. Comme il sait me faire fondre !

Il m'embrasse et, de sa main, essuie les quelques gouttes qui glissent toujours le long de mon bras. Il tire ma chaise et m'offre ma coupe de vin. Il s'assoit à son tour, tient sa coupe en main et propose un toast à cette soirée bien méritée. On cogne nos verres, on prend une gorgée et on commence à manger.

Tout au long du souper, il ne parle pas beaucoup. Il croise mes yeux de son regard désirant, me flatte, me dit qu'il me trouve belle. J'ai envie de lui, mais il refuse mes avances. « Pas tout de suite », me dit-il. L'anticipation me rend encore plus folle d'envie.

Le souper terminé, je range mon assiette. Le voilà derrière moi ; il se colle, m'empêchant de me retourner, et m'embrasse dans le cou. Il mordille mes épaules et, de ses deux mains, empoigne mes seins. Ma vulve pétille encore plus tellement je le désire. Je mouille. Il me penche un peu vers l'avant, soulève ma nuisette et flatte mes fesses.

Il s'abaisse et les embrasse une à une. Sa main se promène le long de mes jambes. Partant de ma cheville, il remonte lentement jusque sous ma fesse, puis il recommence. Mes jambes ramollissent juste à penser à ce qui me trotte dans la tête. Il glisse lentement son doigt dans mon vagin qui coule à flots. Il fait quelques mouvements de va-et-vient qui me rendent complètement folle. J'entrouvre un peu plus les jambes, afin de lui donner plus de place, mais il abandonne son jeu, se relève, me tourne pour me faire face et me regarde droit dans les yeux tout en léchant mon jus d'amour qui coule le long de ses doigts. Son pantalon est gonflé à bloc. Je le détache et vois très clairement qu'il est à poil sous son jeans ! Son membre gonflé pointe très fièrement vers le haut. Il m'empoigne, m'assoit sur le bord de l'évier et s'insère lentement en moi. Je gémis... enfin !

Il m'embrasse follement, son mouvement de va-et-vient accélère, ses mains parcourent tout mon corps. J'arrive à quelques secondes d'éclater. Il le sait, alors il cesse tout. Je le supplie de ne pas arrêter. Toujours sans un mot, il me prend et me fait descendre. Il me dirige vers le salon. Il s'assoit sur le divan, je le chevauche et cambre mon dos vers l'arrière alors qu'il s'empare de mes seins. D'une main, il supporte mon dos. Sa langue tourne autour de mes pointes folles d'excitation, il les mordille, les lèche, les embrasse. Je gémit tellement c'est bon. Je remonte vers lui. Je me tourne pour lui faire dos et il insère de nouveau son sexe dans le mien. J'ai accès à ses testicules dont il adore le toucher. Il empoigne de nouveau mes seins par-derrière et s'amuse pendant que je masse ses testicules et mon clitoris en alternance. Je n'en peux plus. Je me retire et lui dis que je vais exploser. Il me couche sur le dos, enfonce son visage entre mes cuisses et me dit : « Je veux te goûter. » Il me fait frémir en soufflant légèrement sur ma vulve qui crie d'envie. Sa langue douce s'aventure au plus profond de mon corps, il lape à grands coups et son nez joue avec mon clitoris maintenant gonflé au maximum.

Je gémis de plus en plus, mon souffle augmente, je bouge tellement qu'il me retient les hanches de son avant-bras. Il enfonce alors deux doigts dans mon pubis complètement inondé alors qu'il continue de laper mon clitoris jusqu'à ce que je n'en puisse plus. Mes mains sur mes seins, je cambre le dos, je me laisse aller complètement. Un gémissement sort à pleine force, j'éclate finalement. Il continue son va-et-vient de ses doigts et sa langue ne lâche pas prise. Je mords ma lèvre inférieure tellement c'est bon. Je perds mes sens pendant quelques minutes. Il lâche prise tranquillement et m'offre ses doigts qui dégouttent de ma sève amoureuse. Je les lèche, il aime ça. Il m'embrasse de nouveau.

Nos langues s'amusent. Il me tourne sur le ventre, me prend en levrette et s'enfonce en moi aussi creux que mon corps lui permet. De ses grosses mains fortes mais douces accrochées à mes hanches, il guide mon corps à un rythme fou. Le claquement de mes fesses sur son corps est assourdissant. Soudainement, il se retire et me retourne à nouveau sur le dos. Il approche sa queue de ma bouche qui l'accueille avec joie. Je l'empoigne d'une main, tandis que l'autre masse ses testicules mouillés de nos liquides mélangés. Je le suce, je le lèche et il me regarde.

Son regard devient vide, il roule lentement les yeux en les fermant. Il pousse un cri de jouissance. Ses genoux ramollissent. Un puissant jet chaud remplit ma bouche de son sperme épais et salé. J'adore le goût et avale cette semence jusqu'à la dernière goutte. Lorsqu'il revient à lui, il se laisse tomber à mes côtés sur le divan et porte sa main à son front tout en reprenant son souffle.

Je le remercie de cette soirée parfaite. Depuis ce soir-là, nous réservons une gardienne sur une base régulière !

Histoire de filles

Cela faisait bientôt quatre jours qu'elle résidait dans cet hôtel luxueux. Tout était réuni pour passer un agréable séjour : une plage privée baignée par une mer turquoise chaude à souhait, un casino, une discothèque, une piscine… Tout était à sa disposition quand elle le désirait.

Pourtant, Sophie ne parvenait pas à s'amuser et à apprécier son séjour. Sa rupture amoureuse, qui datait du mois dernier, l'avait précipitée dans une énorme déprime. Lorsque Guy lui avait annoncé qu'il la quittait, la terre s'était arrêtée de tourner et elle avait été complètement anéantie.

Après quinze ans d'une vie apparemment heureuse, elle ne comprenait toujours pas pourquoi elle n'avait rien vu venir, et le fait de ressasser les événements n'arrangeait rien.

Ses amis, las de la voir s'enfoncer jour après jour dans la dépression, l'avaient forcée à changer d'horizon. C'est ainsi qu'elle s'était retrouvée sur cette île paradisiaque où, par dépit, elle avait décidé de sacrifier ses économies pour s'offrir des vacances plutôt réservées à une clientèle fortunée.

Comme tous les soirs, elle prend son repas seule dans un coin isolé de l'immense salle du restaurant. Comme tous les soirs, elle mange sans appétit, le plus vite possible, sans prendre garde aux autres convives.

Il est 21 heures. Elle termine son dessert et un rire cristallin lui fait lever la tête. Deux filles d'une trentaine d'années viennent de s'asseoir à la table voisine, d'habitude inoccupée. De nouvelles vacancières.

Sophie se dit qu'elle les verra sans doute tous les soirs et cela ne l'enchante guère. Tout en plongeant sa cuillère dans la coupe glacée, elle détaille discrètement ses nouvelles voisines. La blondeur de l'une contraste avec la chevelure rousse de l'autre. Elles sont toutes les deux extrêmement jolies et, avec une pointe de jalousie, Sophie admet qu'il émane de ces deux jeunes filles une fraîcheur et une joie de vivre qui lui font envie. Elles ont l'air très complices, peut-être des amies de longue date qui s'offrent un séjour en célibataires. Ou alors...

Sophie reste bouche bée. La fille rousse, qui lui tourne le dos, a laissé tomber une de ses mules et son pied dénudé caresse le mollet de sa voisine, qui semble apprécier le traitement. Sophie ne peut détacher son regard de ses pieds fins aux ongles parfaits, qui glissent lentement sur la peau bronzée. La scène est terriblement sensuelle et la sensation de chaleur qui envahit le ventre de Sophie la surprend. Peut-être le manque de relations sexuelles ? D'habitude, les filles ne lui font pas cet effet !

En levant les yeux, elle croise le regard de la blonde et de la rousse qui s'est retournée. Elles la fixent en souriant.

Sophie, rouge de honte, replonge dans sa coupe glacée avec le sentiment de passer pour une sale voyeuse. La blonde la fixe toujours et, avec le même sourire, lui adresse un salut amical de la tête, auquel Sophie répond discrètement.

Son dessert terminé, elle s'éclipse rapidement du restaurant, sentant les regards appuyés des deux filles.

La nuit qui suit est très agitée et Sophie ne parvient pas à trouver le sommeil. Elle est obligée d'admettre que la scène de ce soir l'a énormément perturbée et, en y repensant, sa main trouve naturellement le chemin de son sexe trempé, qu'elle masturbe frénétiquement jusqu'à ce qu'un orgasme d'une rare intensité la délivre.

Au réveil, Sophie se sent particulièrement détendue, avec toujours cette pointe d'excitation qui ne l'a pas quittée. Elle est bien obligée d'admettre que les deux filles y sont pour quelque chose. Elle est presque sûre qu'elles sont amantes et la manière dont elles l'ont regardée amène Sophie à se poser plein de questions. Ont-elles volontairement montré leur complicité? Essayaient-elles de la charmer? Et surtout: pourquoi lui font-elles autant d'effet?

Jamais une fille ne l'avait attirée sexuellement, alors pourquoi ces deux-là? C'est avec toutes ces questions sans réponse que Sophie se rend à la piscine pour profiter du calme de ce début de journée.

Étendue sur le ventre, chauffée par le soleil, elle se laisse gagner par la somnolence.

« Bonjour! C'est agréable, à cette heure... Il n'y a pas trop de monde. »

Sophie ouvre brusquement les yeux. Deux très jolis pieds parfaitement soignés, habillés de sandales à talons vertigineux, sont à quelques centimètres de son visage. Son regard remonte le long des jambes bronzées et découvre la fille blonde d'hier soir, dont le visage est illuminé par un large sourire.

« Heu... Bonjour, répond Sophie. Oui, c'est le matin que je choisis pour bronzer, le soleil est moins violent.

— Je m'appelle Suzanne. Je vous présente mon amie, Anne, précise-t-elle, en montrant la belle rousse qui l'a rejointe.

— On peut s'installer près de vous ?

— Oui, si vous voulez. Moi, c'est Sophie. »

Les deux filles étendent leurs serviettes sur les chaises et Sophie en profite pour les détailler un peu mieux. Elles sont effectivement très belles et déjà bien bronzées. Anne attrape un flacon de crème et enduit le dos de son amie. Elle étale la crème largement et les allers et retours de ses deux mains ressemblent plus à des caresses qu'à une simple application. L'imagination de Sophie recommence à voyager et elle se surprend à souhaiter être à la place de Suzanne.

« Tu deviens complètement folle, ma fille, se dit-elle, tu n'es quand même pas en train de devenir lesbienne ! »

« Il y a longtemps que vous séjournez ici ? interroge Anne, en la fixant dans les yeux.

— Depuis le début de la semaine », répond Sophie.

La conversation est engagée et, tout en prenant du soleil, les filles font davantage connaissance. Sophie, cachée derrière ses lunettes de soleil, observe ses nouvelles amies.

Elles n'ont pas hésité à enlever le haut de leurs maillots et à exhiber leurs seins magnifiques, aux pointes fièrement dressées. Sophie est encore trop pudique pour s'exposer de la sorte, mais elle sent bien ses tétons pointer sous le tissu du maillot et, surtout, une humidité lui chauffer l'intérieur des cuisses.

« Nous devons partir, lance Suzanne. Mais ce soir, on peut dîner ensemble ?

— Avec plaisir, répond Sophie. À ce soir. »

« Dans quelle aventure t'engages-tu ? Et puis, arrête de te poser des questions ! Que veux-tu qu'il t'arrive ? » finit par conclure Sophie.

Le soir, les trois filles se retrouvent à la même table, au fond du restaurant. Les apéritifs et la bouteille de vin qui accompagne le repas ont totalement libéré Sophie qui se sent beaucoup plus à l'aise en compagnie de ses nouvelles amies. Elles parlent de leurs vacances, de leurs professions et, naturellement, elles finissent par évoquer leur vie sentimentale.

« Tu sais, avec Anne, on n'est pas seulement amies. On vit ensemble depuis quatre ans, annonce Suzanne. Tu n'es pas choquée ?

— Non, pas du tout, je m'en étais rendu compte. Et vous avez l'air tellement bien toutes les deux que vous faites...

— Envie ? poursuit Suzanne.

— Euh, oui, enfin, je veux dire que... vous avez l'air heureuses, s'embrouille Sophie.

— Et toi, tu nous envies ? » insiste Anne.

Sophie ne sait plus quoi répondre et se sent prise dans un piège, ce qu'elle redoutait un peu.

« Hier soir, tu avais l'air d'apprécier ce qui se passait sous notre table... À la place de qui aurais-tu aimé être ? demande Suzanne.

— Je ne sais pas... C'est vrai que c'était très érotique, mais je ne suis pas habituée à ce genre de situation. »

La température est montée d'un cran. Est-ce le vin qui commence à faire son effet, ou simplement le fait que la conversation prend une drôle de tangente?

« Tu n'as jamais fait l'amour avec une femme? questionne franchement Anne.

— Non, je n'ai jamais eu le désir d'essayer.

— Et maintenant, tu aimerais essayer? » insiste Suzanne.

Elles sont diaboliques, pense Sophie. Elle est bien obligée d'admettre que la situation commence à l'exciter et qu'elle est presque prête à faire des bêtises.

Tout à coup, un pied dénudé se pose sur le dessus de sa sandale et remonte doucement vers sa cheville. C'est délicieux.

« C'est juste pour voir si tu es prête à essayer, sourit Suzanne, qui continue à la caresser.

— Vous êtes terribles! proteste Sophie. Qui vous dit que j'ai envie de faire des galipettes avec vous? Je vous l'ai dit: je n'ai rien contre les lesbiennes, mais je n'en suis pas une.

— La scène d'hier soir t'a excitée et ce matin, au bord de la piscine, tu n'as pas cessé de nous observer... Malgré tes lunettes de soleil, le désir se lisait sur ton visage. »

Elle s'apprête à répondre, mais c'est maintenant quatre pieds qui caressent ses jambes et qui remontent, avec une lenteur extrême, jusqu'à ses cuisses. La sensation est divine et, en fermant les yeux, Sophie ne peut s'empêcher de pousser un gémissement qui la trahit.

« Je propose que nous prenions le café dans notre chambre », annonce Anne.

Sans attendre de réponse, les deux filles se lèvent et entraînent Sophie qui tente de protester.

« Eh, attendez ! Je n'ai pas dit que j'étais d'accord ! »

Il est trop tard. Elles sont déjà au pied de l'escalier qui mène à l'étage. De toute façon, elle sait qu'elle va craquer. De plus, elle a vraiment envie de faire l'amour avec ces deux superbes filles.

Arrivée dans la chambre, Sophie est plaquée contre la porte et ses deux amies plongent en même temps leurs langues dans sa bouche. Elle n'a jamais embrassé une fille, et deux simultanément encore moins ! Mais la sensation est sublime et elle manque de jouir.

Ensuite, elle se laisse complètement faire. Après l'avoir allongée sur le lit, ses deux amantes la dévêtent très doucement et chaque effleurement est une caresse. Les sous-vêtements rejoignent la robe sur la moquette. Elle est à présent complètement nue, à l'exception de ses sandales à talons aiguilles.

« Laisse-toi aller, tu vas savoir ce que plaisir veut dire », lui murmure Anne à l'oreille.

Dans l'état où elle se trouve, elle n'a aucune envie de résister. Les deux jeunes femmes s'approchent et retirent chacune une chaussure. Leurs gestes sont parfaitement synchronisés.

Les pieds maintenant offerts, Sophie sent deux bouches prendre possession de ses orteils et deux langues les caresser. Jamais elle n'avait eu ce type de caresse.

Ses pieds, dont elle prend grand soin, semblent au goût de ses amies. Ils sont léchés, sucés, tétés et, au bout de longues minutes, un premier orgasme la surprend ; elle n'en revient pas ! Jouir uniquement en se faisant lécher les pieds ! La suite s'annonce pleine de promesses...

« Encore, s'entend-elle implorer, c'est trop bon !

— Je savais que tu aimerais ! Tu vas regretter de ne pas avoir connu ça avant », répond Suzanne.

Après avoir abandonné les pieds, les deux femmes entreprennent de lui caresser le visage ; leurs bouches s'attardent à l'intérieur des oreilles, lui embrassent les yeux. Anne lèche ses lèvres, suce sa langue, pendant que Suzanne explore chaque millimètre de son cou. La fournaise qui l'avait quelque peu quittée reprend rapidement possession du corps de Sophie.

Les deux bouches se sont rejointes sur les seins et, tout en s'embrassant, elles aspirent les tétons qui grossissent à vue d'œil.

Anne poursuit son exploration, descend vers le ventre, lèche l'intérieur du nombril, le haut du mont de Vénus complètement épilé, et arrive à l'intérieur des cuisses, en prenant bien soin d'éviter le sexe gonflé de désir.

Elle continue jusque vers les orteils, où elle ne peut s'empêcher de donner un coup de langue, tant elle adore s'occuper de cette partie du corps chez une femme, et remonte, en laissant traîner ses lèvres, jusqu'au sexe grand ouvert où elle retrouve la bouche de Suzanne.

À partir de cet instant, Sophie ne sait plus qui fait quoi. Elle sent des langues s'enrouler autour de son clitoris qui a doublé de volume. Des doigts inquisiteurs rentrent de plus en plus profondément à l'intérieur de son vagin inondé, dont les parois sont voluptueusement caressées. Elle ruisselle tellement que les deux doigts qui caressent son anus n'ont aucune peine à y pénétrer pour entamer une exquise masturbation.

Les orgasmes s'enchaînent les uns derrière les autres, son sexe coule comme une fontaine et barbouille le visage de ses deux amantes qui, en s'embrassant à pleine bouche, continuent de lui dévorer le sexe.

La jouissance à répétition a rendu Sophie folle de désir ; elle n'a maintenant qu'une envie : goûter pour la première fois à la douceur d'une peau féminine.

Elle se précipite sur Suzanne en commençant par lui lécher les pieds, qu'elle trouve magnifiques. Elle atteint ensuite le sexe, aussi lisse que le sien, où Anne la rejoint, et le ballet des langues peut enfin commencer.

Pour la première fois, elle déguste un sexe féminin dont le goût et l'odeur agissent comme un aphrodisiaque et activent le feu qui couve en elle.

À partir de maintenant, et pendant plusieurs heures, les trois nouvelles amantes vont enchaîner les orgasmes dans toutes sortes de positions. Elles sont trempées de sueur et de plaisir. Les sexes béants et les anus dilatés sont mangés par des bouches gourmandes et explorés de toutes les manières possibles.

Anne présente son pied délicat à l'entrée du vagin de Suzanne et fait pénétrer ses orteils de plusieurs centimètres, opération facilitée par le jus de son amie, qui détrempe ses doigts de pied. Sophie plonge sur le sexe écartelé et sa bouche déguste en même temps les orteils et le clitoris distendu. Elle qui ne connaissait pas l'amour au féminin le matin même se surprend à être aussi vicieuse que ses amies très expérimentées et, surtout, elle constate qu'elle adore ça !

Épuisées, vidées, elles somnolent, bras et jambes mêlés.

La vie de Sophie ne sera jamais plus comme avant et elle peut envisager son séjour et ce qui va suivre sous un angle totalement différent. Elle en est là dans ses réflexions, quand une main audacieuse s'infiltre entre ses fesses.

Un sourire illumine son visage. Oh oui, elle a encore envie de faire l'amour avec ses deux nouvelles copines !

Dans le noir

Guy me demande souvent de lui faire une danse à 10 $ mais je refuse toujours, de peur du ridicule. Ce soir, j'ai une idée fantastique qui me vient en tête. Je laisse une note à mon chéri dans son lunch : « Ce soir, rends-toi au salon, mets le bandeau que je t'ai laissé sur tes yeux et attends-moi. »

Vers midi, je reçois un appel de mon curieux me suppliant de lui expliquer la note qui se trouve dans son lunch. Je fais mine de rien et dois m'excuser pour aller finir la vaisselle. J'ai pris congé aujourd'hui. Je suis nerveuse et excitée juste à penser à mon amour qui se pose mille et une questions au bureau, sûrement très impatient que la journée finisse.

Il est 16 h 30 et je suis dans la chambre à coucher à regarder par la fenêtre comme une petite fille qui joue à la cachette, afin de voir si la voiture arrive. Ma patience atteint ses limites. Le voilà ! Finalement, la voiture recule dans l'entrée. Je ferme vite le rideau et j'attends que la porte s'ouvre. Guy me dit : « Je suis arrivé, chérie. Où es-tu ? »

Je ne réponds pas. J'attends qu'il se rende au salon. Mon cœur débat. Guy retire ses souliers et, tel que je lui ai demandé dans la petite note, il se rend au salon. Je l'entends ricaner lorsqu'il trouve le bandeau ainsi qu'une autre note qui dit : « Bande tes yeux, assieds-toi sur le tabouret et dis-moi quand tu seras prêt. » Le silence me rend folle. Finalement, il me dit d'une voix plutôt sarcastique : « OK. Je suis prêt, bandé des yeux, du pénis et assis sur le tabouret. Tu peux sortir de ta cachette. »

Il est amusé par ce jeu. Je descends lentement les marches. Je suis plus nerveuse que lui, je fais jouer un CD bien choisi. Une musique langoureuse, amoureuse remplit la pièce. Je me dirige vers Guy qui est assis sur un seul tabouret dans le salon qui paraît immense. Je marche vers lui. Il peut entendre mes talons hauts qui claquent contre le plancher de bois franc. Il me demande de lui parler. Je m'approche tout près de lui et, sans dire un mot, j'appose mon doigt sur ses lèvres comme pour lui dire de se taire. Il sourit nerveusement. Il me dit que je sens bon et qu'il saurait reconnaître mon odeur parmi une armée de femmes. Je dépose mes lèvres contre les siennes et retire son chandail. Il bande de plus en plus. Le tout se fait dans le silence total, sauf, bien entendu, la musique qui continue. Il veut dire quelque chose et je lui chuchote un « chut » à l'oreille. Il comprend maintenant que ni lui ni moi ne devons parler.

Je vais derrière lui et passe mes mains doucement le long de sa nuque, de ses épaules carrées et jusqu'à ses poignets que je tire légèrement vers l'arrière. Je les relie ensemble avec une vieille cravate. Il a maintenant les yeux bandés et les mains attachées au dos. Il se tient droit sans dire un mot, mais son pantalon gonflé en dit long. Je le flatte de ma main, je le contourne, lui bécote le cou, le torse, le dos. Il en a des frissons tout le corps. C'est excitant comme jeu. Je déboutonne son pantalon afin de libérer son sexe qui pointe si haut, si dur. Je danse à ses côtés, il peut me voir à travers son bandeau, mais très sombrement. Je me tortille langoureusement à ses côtés. Je me déshabille lentement au son de la musique. Je fais glisser chaque morceau de linge le long de son dos ou de son torse afin qu'il tombe sur ses genoux ou par terre.

Je me penche avec un angle de 90 degrés pour retirer ma petite culotte trempée afin qu'il puisse sentir la peau de mes fesses contre ses genoux. Il me demande tout bas s'il peut sentir celle-ci. Il prend une grande respiration de ce petit morceau de coton trempé, puis je le laisse tomber sur son pénis en érection. Il adore. Je danse autour de lui pendant quelques minutes. Il ne sait plus où je vais. Il est dans le noir avec seul son ouïe pour le guider au son de mes pas. Me voilà devant lui, je le chevauche et frotte mon pubis contre son pénis en érection, sans que celui-ci me pénètre. Cela le rend fou mais sûrement pas autant que moi! J'embrasse son cou, je colle mes seins contre sa bouche, je le taquine de cette façon encore quelques minutes et me retire à nouveau. Je le fais attendre la durée d'une chanson entière sans le toucher, sans marcher. Je le regarde me chercher. Il tourne la tête dans tous les sens et se demande si je l'ai abandonné comme ça. Tout d'un coup, il entend mon vibromasseur. Il s'assoit droit sur son tabouret et me supplie de lui enlever son bandeau afin qu'il puisse me voir complètement. Je m'installe derrière lui et dénoue le bandeau qui tombe lentement le long de son corps.

Je le contourne pour être maintenant devant lui. J'appose mon pied entre ses jambes sur le tabouret et j'insère le vibromasseur dans ma vulve mouillée. Il sourit. Je le fais entrer et sortir sans le quitter des yeux. Je mouille tellement que le jus coule le long de l'appareil jusqu'à mes doigts. Je lui fais goûter mes doigts, il adore le goût. Je lui offre maintenant mes seins. Il les lèche et les suce comme j'adore. Je n'arrête pas mon petit jeu avec le vibromasseur. Mon regard change. Je mets mon pied par terre et m'étends sur le divan un peu plus loin. J'ouvre grandes mes jambes afin de lui faire voir ma fleur inondée et je reprends ma séance de masturbation. De mon autre main, je pince mes tétons durs. J'insère l'appareil le plus creux possible dans mon vagin, je le ressors pour le frotter contre mon clitoris et je recommence. Je vais jouir. J'accentue mon mouvement et bouge mon bassin pour avoir encore plus de force. Je gémis, je serre mes seins dans ma main, ma tête s'élance vers la gauche et un orgasme s'empare de mon corps. Je me tortille et arrête enfin mon jeu pour reprendre mes esprits. Je regarde Guy, le visage illuminé par ce spectacle, et il me dit: «Je suis venu juste à te regarder tellement cela m'a excité. Libère-moi, s'il te plaît, je veux t'embrasser.»

Juste avant de le libérer, j'ai nettoyé de ma bouche son sexe trempé et collant. Il m'a ensuite embrassée et m'a dit: «J'ai hâte d'avoir une autre note dans mon dîner!»

Ce soir-là, nous avons baisé comme deux lapins.

Brise d'été

Nous sommes le 12 juillet. Il fait beau et un soleil chaud nous réchauffe tous. Une journée idéale d'été, quoi! Il est 15 heures. Nous sommes là, les quatre, à discuter de tout et de rien tout en prenant un verre assis sur le patio de la maison. Nous habitons la campagne, il n'y a aucun voisin près de nous, sauf la nature et la tranquillité qui nous entourent. Suzanne et Jean-Marc nous ont fait une visite surprise vers 13 heures cet après-midi. On invite donc nos copains pour le souper et ils acceptent avec plaisir.

Nous continuons de discuter et d'apprécier cette fantastique journée d'été. Vers 16 h 30, les hommes décident que nous ferons cuire de la viande sur le barbecue. Ils nous demandent ce que nous voulons, ils nous avisent qu'ils seront de retour dans environ une heure, puis ils partent pour l'épicerie. Peu de temps après, Suzanne me demande:

« As-tu déjà fait l'amour avec une femme ? »

Surprise de sa question si directe, je lui réponds non. Je n'en ai jamais ressenti l'envie, car j'aime trop les hommes et que je me crois incapable de goûter au sexe d'une femme. Elle ricane, me regarde drôlement et dit : « As-tu le goût d'essayer ? Il y a longtemps que je te désire. »

Nous savons tous que Suzanne est bisexuelle et elle ne s'en est jamais cachée, mais elle ne m'a jamais suggéré une telle aventure, sachant que je ne m'intéressais pas à cette pratique. Je ris nerveusement et lui dis non merci. Elle grimace, déçue de ma réponse.

Elle détache alors son haut de bikini et le retire lentement pour venir le déposer du bout des doigts sur la table à côté de mon verre. Elle me regarde. Ses gros seins pendent un peu vers le bas. Elle a une peau laiteuse, avec une légère touche rosée causée par les vilains rayons de soleil, et affiche des vergetures dignes d'une mère. Mais cela semble peu l'importer. Elle baisse la tête, regarde sa poitrine et prend ses deux seins dans ses mains. Elle les frotte doucement et sensuellement, elle pince ses tétons qui sont déjà bandés. Tout en continuant de les masser, elle relève sa tête et dit : « Es-tu certaine que tu n'aimerais pas les toucher ? les lécher ? Ils aimeraient tellement ça ! Regarde comme ils sont bandés. »

Le spectacle m'excite, je me sens mouillée un peu et cela me dérange. Je me demande pourquoi je réagis ainsi, car je ne suis pas lesbienne ! Mais ses seins ont l'air doux, et le fait qu'ils soient ainsi bandés m'excite bizarrement. Elle met alors une main sur le dessus de sa culotte de bikini. Je ne peux m'empêcher de la regarder, je me sens presque hypnotisée. Elle bouge son bassin légèrement. De son index, elle passe son majeur dans son trou luisant d'excitation. Elle glisse ensuite son doigt mouillé sur son clitoris gonflé et le contourne plusieurs fois en fermant ses yeux. Je ne sais plus si c'est le soleil ou l'excitation qui m'échauffe tant, mais je la regarde sans rien dire. Elle arrête son manège quelques secondes, ouvre ses yeux et me surprend à la regarder. Elle sourit et dit : « Tu aimes ? »

Toujours en pelotant ses seins, elle s'approche et, de sa main, elle porte un de ses seins à ma bouche et me supplie de le lécher. Je ne comprends pas ce qui se passe. Je veux la repousser mais, en même temps, j'ai tellement une envie soudaine de lécher ce mamelon si près de mes lèvres. Ma langue sort lentement et glisse sur son téton si dur. Je mouille instantanément, ma vulve pétille. Quelle drôle de sensation ! Je ne peux m'empêcher de prendre ses deux seins bandés dans mes mains, je les regarde et je les mordille un à un. Suzanne gémit à chaque coup de langue. Elle renverse la tête tout en insérant sa main dans son bikini. Je vois sa main frotter son sexe. Je redouble d'excitation. Elle retire son bas de bikini et affiche complètement sa vulve bombée de désir qui brille au soleil de cette mouille luisante.

Elle tourne ma chaise et frotte son pubis sur mon bikini. Je réalise ce qui s'annonce et deviens nerveuse : la peur que les hommes arrivent et nous surprennent, la peur d'essayer pour la première fois de baiser avec une femme, la peur du ridicule et, pis encore, la peur des sensations nouvelles et extrêmes que je ressens et qui m'attendent. Je la regarde faire. Elle continue de se frotter sur mon bikini, de haut en bas de mon sexe brûlant. Elle me dit de me laisser aller, que j'allais adorer le traitement. Elle me demande de relever mes fesses pour pouvoir retirer mon bas de bikini. Je m'exécute. Je me sens comme un robot qui obéit aux ordres.

De ses mains douces, elle tire mes hanches vers le bord de ma chaise et, d'un geste doux, elle plonge sa langue dans mon entrecuisse. Un cri s'échappe de ma bouche. Elle continue de fouiller le plus profond de mon ventre de sa langue et referme lentement ses lèvres sur mon clitoris bien bandé, l'emprisonnant d'une chaleur folle. Elle le titille de sa langue si habile. Je me tortille dans ma chaise. Je défais mon haut de bikini et pince mes tétons bandés. Nous sommes maintenant toutes deux complètement nues à faire ce que jamais je n'aurais cru faire. Elle me demande de me coucher par terre, sur le dos. Elle reprend son cunnilingus de pleine force mais cette fois, elle me chevauche en position 69 et appose son sexe sur ma bouche. Elle me dit:

«Fais comme moi, regarde comme je suis mouillée, mange-moi... mange-moi, je t'en supplie.»

Je regarde cette vulve ouverte située à deux centimètres de ma bouche qui salive. J'appose mes deux mains autour de son sexe afin de pouvoir l'entrouvrir encore plus. Elle est fraîchement rasée, il n'y a qu'une petite ligne de poils noirs qui démontre qu'elle est une femme. J'entrouvre sa fente qui affiche un rose luisant, dégoulinant et je goûte pour la première fois à une femme. L'odeur m'excite et dès que ma langue s'y pose, c'est comme une bombe à retardement. D'un doigt, je caresse son clitoris qui ressort complètement de son petit capuchon alors que je la lape comme une chienne en chaleur. Son cul est beau, sa chatte est si douce et a un goût unique quoique nouveau. J'insère deux doigts profondément dans son sexe inondé. Elle pousse un cri. Elle me demande de lui enfoncer un doigt dans le cul, qu'elle adore se faire manger pendant qu'on la sodomise du doigt ou d'un objet. Je regarde cette petite rosette brunâtre qui élance de désir. J'insère le bout de mon doigt dans son anus qui la fait crier encore plus. Elle me dit: «Branle-le, branle-le, oui, comme c'est bon, mange-moi, baise-moi... Oui!»

Elle attrape son sac de sa main qui est situé juste à côté de la chaise et en ressort un petit godemiché. La salope! Elle avait tout planifié. Elle me l'enfonce dans le vagin pour le mouiller, puis lentement dans le cul et se met à me branler comme un diable acharné tout en me lapant le clitoris sans retirer ses doigts de mon vagin.

Je crie de mal ou de jouissance, je ne sais plus. Je suis confuse. Je n'ai jamais autorisé la sodomie à mon conjoint et voilà qu'une femme me le fait sans le demander. Je crispe, je crie à pleine voix quand un orgasme violent comme jamais avant s'empare de mon corps. Je continue de la laper et d'un mouvement plus long, plus profond, je lui branle mon doigt dans le cul à mon tour. Je fais comme elle. Plus il est profond, plus elle crie. Elle adore, je lèche son cul trempé, puis j'alterne entre son vagin et son anus de ma langue affamée. À son tour, elle pousse un cri de jouissance. Son cul se referme contre mon doigt fouineur tel un étau et je lui lape la chatte qui s'inonde. J'avale son jus à pleine bouche. Finalement, elle dépose son corps sur le mien et nous reprenons notre souffle.

Elle se relève, se retourne et embrasse mes seins puis mes lèvres. Nos mélanges de saveur sont bizarrement agréables. Elle me dit d'un ton joyeux: «Je t'avais dit que tu aimerais. Tu as une chatte délicieuse et tu es très désirable.»

Je ne peux que sourire, un peu gênée par la situation. J'ai honte de m'être prêtée à cette situation, mais en même temps, je ne peux attendre la prochaine fois. Nous nous rhabillons en silence. Elle rince son godemiché et le range à nouveau dans son sac en souriant. Elle le garde toujours avec elle, en cas d'urgence, dit-elle. Nous reprenons nos places respectives à la table du patio afin de recouvrer nos esprits. Quinze minutes plus tard, les hommes arrivent de l'épicerie. Nous avons fait une salade ensemble en discutant d'autre chose, mais nos regards ne sont plus les mêmes. Nous avons continué la soirée comme si rien ne s'était passé et avons tous mangé un souper fantastique. Pour nous, le dessert avait été servi plus tôt! Les hommes n'ont jamais rien su de nos 45 minutes de plaisir.

Soirée chez…

Le téléphone sonne. Je réponds et discute quelques minutes. Lorsque je ferme le récepteur, j'avise Sophie, ma conjointe, que nous sommes invités ce soir chez Jean-Marc et Suzanne, un couple d'amis que nous connaissons depuis plusieurs années. Je lui demande d'aller se préparer, ce qu'elle fait sans rouspéter. De la salle de bains me parvient la voix de Sophie qui me demande de lui apporter ses affaires qu'elle a oubliées dans la chambre. Je m'y rends donc et découvre sur le lit la tenue qu'elle a prévu de mettre. Je la lui apporte et la regarde s'habiller.

« Tu es obligé de rester là ?

— J'adore te regarder, tu le sais bien.

— Oui, mais je préfère être tranquille ! »

Nos amis habitent à une quinzaine de kilomètres de chez nous et il ne faut guère de temps pour nous y rendre. Nous sommes accueillis par Jean-Marc, très souriant, qui nous dit que sa femme finit de se préparer. Avec un clin d'œil, il ajoute que, sans notre arrivée, il serait en train de lui frotter le dos.

Nous nous installons au salon et Jean-Marc sert un apéritif. Suzanne nous rejoint et je ne peux m'empêcher d'admirer les courbes de son corps mises en valeur par une robe moulante et fendue assez haut. Nous parlons un peu de la pluie et du beau temps, puis Jean-Marc, assez nul en informatique, me demande si je peux résoudre un petit problème sur son ordinateur. Nous filons vers le bureau et, très vite, je trouve l'origine du problème. Quelques minutes suffisent pour le régler. Je découvre alors que Jean-Marc a fait l'acquisition d'un appareil photo numérique. Il me propose de me montrer les quelques photos qu'il a faites. Je parcours le dossier contenant quelques vues des environs ainsi que quelques clichés de Suzanne. Je trouve un sous-dossier appelé « Chaud » et demande à Jean-Marc s'il s'agit aussi de photos. Avec un grand sourire, il me dit qu'il contient des photos de Suzanne un peu plus déshabillée et m'invite à les regarder. Je clique donc sur le dossier et, sous mes yeux ébahis, défilent des images de Suzanne en sous-vêtements puis, un peu plus loin, dans le plus simple appareil.

« Tu les trouves comment?

— Superbes! Tu as bien de la chance de pouvoir la prendre ainsi en photo!

— Au début, elle n'était pas trop d'accord mais, en insistant un peu sur le fait que j'étais le seul à pouvoir les regarder, elle a accepté de poser et y a même pris du plaisir.

— Chanceux! »

Nous rejoignons nos femmes et Jean-Marc ressert un verre. Je regarde Suzanne, essayant d'imaginer quels dessous elle porte aujourd'hui. Par la suite, nous passons à table. Jean-Marc nous a préparé un repas créole délicieux et assez relevé, ce qui nous fait boire un peu plus que de raison. Notre hôte s'absente quelques secondes et revient avec son appareil photo. Il fait quelques clichés de nous à table. Sophie, contrairement à son habitude, prend des poses et va même jusqu'à effleurer mes lèvres. Jean-Marc me tend l'appareil et s'assied à côté de son épouse. Je les prends, se tenant sagement dans les bras l'un de l'autre puis, comme ma femme il y a quelques minutes, Suzanne embrasse son mari.

Contrairement à Sophie, son baiser est profond. Je zoome et déclenche l'appareil deux fois, immortalisant en gros plan leurs lèvres jointes. L'appareil passe ensuite de main en main, chacun voulant regarder les photos. Le repas se termine dans cette excellente ambiance et Suzanne nous invite à nous rendre au salon pour le café. Sophie l'aide à débarrasser la table pendant que Jean-Marc et moi préparons les tasses.

Les femmes nous rejoignent. Suzanne sert le café tandis que Jean-Marc nous propose un digestif. Nous dégustons un punch et la conversation reprend. Jean-Marc me tend à nouveau l'appareil et me demande de prendre une ou deux photos de sa femme et de lui. Il l'enlace et leurs bouches se joignent à nouveau. Une main de notre ami se pose sur la cuisse de sa femme, remonte lentement le tissu découvrant une cuisse que je m'empresse de photographier. Ils se séparent et me retrouvent afin de visionner le résultat. Souriante, Suzanne s'exclame :

« Un peu plus et on voyait ma culotte !

— À la plage, on la voit bien !

— Oui, mais ce n'est pas le même genre de culotte, surtout pas aussi transparente.

— De toute façon, un cul vu n'est pas perdu.

— Oui, mais quand même. Qu'en penses-tu, ma chérie?

— Euh, je suis d'accord avec toi.

— À votre tour! Vous vous embrassez et je vous photographie, d'accord?

— D'accord», répond à ma grande surprise ma douce moitié.

J'enlace Sophie et mes lèvres se posent sur les siennes. Elle me rend mon baiser et nos langues se mêlent. Je risque une main sur sa jambe, aucune réaction. Je tire un peu sur le tissu, découvrant à mon tour sa cuisse à nos amis. Appuyant un peu, j'écarte les cuisses sans qu'elle fasse rien pour m'en empêcher.

Nous nous séparons et demandons à Jean-Marc de nous montrer les clichés. Sur deux, on voit très nettement le string de Sophie et sur le dernier, Jean-Marc a zoomé et on peut admirer très distinctement le contour de la fente et quelques poils dépassant du sous-vêtement.

«Superbe cliché! s'exclame notre ami.

— Tu exagères, répond Sophie.

— Pourquoi? demande Suzanne. Je trouve cette photo très jolie et très excitante.

— Quand même, on voit mes poils.

— Tu sais, Jean-Marc en a fait des plus osées que cela de moi.

— Ah oui? Et qu'en as-tu fait?

— Elles sont sur le disque dur de l'ordinateur.

— Vous voulez les voir? demande Jean-Marc en me regardant avec un sourire.

— Pourquoi pas ?

— Suivez-moi ! »

Nous nous rendons au bureau et Jean-Marc nous fait visionner les clichés que j'ai déjà eu la chance de voir. Jean-Marc nous raconte les conditions dans lesquelles s'est déroulée la séance ; je jette un regard à Sophie, ses joues ont rosi et je peux distinguer dans ses yeux une étincelle que je lui connais dans certains de nos moments intimes. Suzanne, quant à elle, semble très fière de nos réactions. Le diaporama s'achève et Sophie demande alors à Suzanne si elle a fait des photos de son mari dans la même tenue.

« Non ! Je n'y avais pas pensé. Il faudra que je comble ce vide très vite.

— Et toi, Sophie ? Tu n'aimerais pas être immortalisée ainsi ? demande Jean-Marc.

— Tu rigoles ?

— Pas du tout ! Tu es très mignonne et je suis sûr que Guy adorerait avoir des photos de toi en petite tenue.

— Jean-Marc a raison, renchérit Suzanne. Pourquoi ne veux-tu pas ?

— Il me voit en petite tenue et même nue assez souvent. Pourquoi m'avoir en plus en photo ?

— Ça lui ferait un souvenir pour ses vieux jours. Sérieusement, pourquoi refuses-tu ?

— Je ne sais pas, je n'en ai pas envie sans doute. »

Sophie a prononcé cette dernière phrase d'une voix moins assurée. Suzanne l'a remarqué et insiste encore :

« Comme on a dit tout à l'heure, un cul vu n'est pas perdu. Tu as peur de te mettre en petite tenue devant nous ? Je te rappelle que nous sommes déjà allés à la plage ensemble et que nous t'avons vue en maillot de bain.

— Non ! Ce n'est pas ça.

— C'est quoi, alors ?

— Je ne sais pas. Être à la plage et poser en sous-vêtements, il y a une différence.

— On est entre amis quand même.

— Je sais.

— De toute façon, si les photos ne te plaisent pas, on peut toujours les effacer, renchérit Jean-Marc.

— Que risques-tu d'essayer ? On ne va pas te violer ! »

Je me garde bien d'entrer dans la conversation, ne désirant pas forcer ma Sophie. Elle me jette un coup d'œil et me demande : « Ça ne te gêne pas au moins ? »

Cette question me fait comprendre qu'elle est prête à le faire. Je la rassure donc et nous retournons au salon.

« Déshabille-toi lentement, d'abord le haut ! »

Devant trois paires d'yeux plus que curieux, Sophie déboutonne lentement son chemisier. Nous voyons peu à peu apparaître la poitrine. Quand tous les boutons sont détachés, Sophie écarte lentement son chemisier qu'elle laisse ensuite tomber, nous dévoilant son ventre plat et sa poitrine voilée d'un léger soutien-gorge blanc relativement transparent. Elle tourne sur elle-même et baisse la fermeture éclair de sa jupe, laissant deviner son string de la même couleur que le soutien-gorge. Au tour du bouton et plus rien ne retient le vêtement qui se retrouve sur les pieds de ma belle. Elle nous laisse admirer et, pour Jean-Marc, photographier son postérieur avant de nous faire face à nouveau. Sophie nous offre alors le spectacle de son minou, à peine caché par le string. Jean-Marc ne se prive pas d'immortaliser ce charmant spectacle tandis que Suzanne félicite Sophie pour son striptease :

« Tu es superbe, ma puce ! Tu sais ce que tu devrais faire maintenant ?

— Me rhabiller ?

— Pas du tout ! Au contraire, tu devrais ôter ton soutien-gorge. Tu t'es bien déjà mise seins nus à la plage, non ?

— Oui, mais ce n'est pas pareil.

— Pourquoi ?

— Eh bien, à la plage, beaucoup de femmes ne portent pas de haut et les gens ne les regardent pas plus que cela.

— Que tu dis ! Et puis, ça te gêne qu'on admire ta poitrine ?

— Non, quand même pas. Chéri, tu en penses quoi ?

— Tu fais comme tu veux. Je te laisse l'entière liberté de faire ce que tu as envie.

— Tu l'auras voulu ! »

Elle passe les mains derrière son dos et dégrafe son soutien-gorge. Les bras croisés le maintiennent en place et, doucement, elle le laisse retomber, libérant du même coup ses charmants seins de leur prison de tissu. À nouveau, trois paires d'yeux fixent son corps, particulièrement sa poitrine dénudée. De nouveaux éclairs de flash et Sophie se rassoit.

« Tout cela me donne soif. Tu me ressers un petit punch, Jean-Marc ?

— Avec plaisir !

— Tu t'arrêtes en si bon chemin? l'interroge de nouveau Suzanne.

— Mais, ma parole, tu n'es jamais satisfaite ! Que veux-tu de plus ?

— Visiblement, il te reste un vêtement.

— Attends, je ne vais quand même pas me mettre à poil devant vous ! »

Je commence à me faire du souci quant à la suite de la soirée. Sophie semble énervée, pourtant elle ne fait rien pour se rhabiller. Elle nous regarde à tour de rôle, puis répond à Suzanne :

« Et si tu te mettais à l'aise comme moi ?

— Chiche ! »

Notre hôtesse se retrouve bien vite uniquement vêtue d'un slip qui a bien du mal à cacher son sexe.

« Et maintenant, on fait quoi ? demande-t-elle à Sophie.

— Euh… tu veux faire quoi, toi ?

— On leur montre tout ?

— Tu en as envie ?

— Pas toi ?

— Je ne sais pas. Vas-y la première !

— D'accord ! »

Suzanne se relève et, lentement, fait glisser son slip le long de ses jambes. Elle se redresse ensuite et nous fait admirer sa fente, à peine masquée par sa toison blonde. Elle reste un instant debout au milieu de la pièce, tournant sur elle-même afin de nous exposer ses jolies fesses. Jean-Marc n'en perd pas une miette et le flash crépite plusieurs fois. Elle se rassoit enfin et fait signe à ma Sophie que c'est son tour. Jean-Marc intervient alors. Il me tend l'appareil et s'adresse à Sophie:

«Je peux te demander une faveur?

— Quoi encore?

— J'aimerais enlever ton slip moi-même.

— C'est une blague?

— Non, j'en ai très envie.

— Guy...

— Je te l'ai dit tout à l'heure... tu décides toi-même.

— Tu ne fais qu'enlever le slip, d'accord?

— Merci», répond Jean-Marc, omettant de répondre à la question.

Sophie se lève et Jean-Marc s'agenouille devant elle. Première photo! Ses mains se posent sur les hanches de ma douce moitié, y restent quelques instants. Jean-Marc saisit enfin l'élastique et le descend très lentement, baissant le slip centimètre par centimètre. Lorsque la fente est dénudée, il interrompt le mouvement et reste sans bouger, le regard fixé sur cette partie du corps de Sophie, les yeux à quelques centimètres d'elle. Contrairement à mes craintes, ma chérie ne fait rien pour mettre fin à cette situation. Les yeux baissés vers Jean-Marc, elle le regarde en souriant. La situation commencerait-elle à l'exciter? Je ne me prive pas bien sûr de photographier cette scène. Notre ami se décide enfin et, toujours aussi lentement, continue de faire descendre le fin vêtement jusqu'aux pieds. En chemin, il ne se prive pas de caresser les jambes qui, sous ses doigts, ont la chair de poule. Sophie est totalement nue. Jean-Marc se relève et lui dit:

«Tu es vraiment très belle.

— Merci.

— Ça te fait quoi d'être nue devant nous?

— Tu es excité?

— Tu ne veux pas répondre?

— Eh bien, cette situation ne me laisse pas indifférente. Et toi? Tu bandes?»

Jean-Marc, visiblement surpris par la question, hésite un court instant avant de répondre oui.

«Tu sais, je ne crois que ce que je vois!

— Tu veux dire que...?

— Pourquoi pas? Après tout, je suis bien nue.

— Pas de problème, mais tu me déshabilles toi-même.

— D'accord.»

Ma chérie m'étonne de plus en plus. Je me tourne vers Suzanne et la vois sourire, l'œil pétillant. Sophie s'attaque à la chemise de Jean-Marc qui se retrouve bien vite torse nu, puis au pantalon. Après quelques minutes, il ne reste plus que son slip, qui cache mal son érection. Comme lui tout à l'heure, Sophie s'agenouille et saisit le sous-vêtement qu'elle fait descendre. Elle se retrouve alors face à un sexe d'une taille peu commune et ne peut retenir un «oh!» de surprise. Si la nature a été généreuse avec moi, elle a particulièrement gâté notre ami.

«Je n'en ai jamais vu d'aussi imposant.

— Merci. Tu veux le toucher?

— Je ne sais pas.»

Sophie se retourne vers moi. Je lis dans son regard qu'elle souhaite que je la laisse faire et je lui réponds par un sourire. Rassurée, elle pose la main sur la verge tendue et la flatte délicatement. Elle alterne ses caresses sur le pénis, le gland, et descend même flatter les testicules gonflés.

Jean-Marc pose ses mains sur ses cheveux et approche son visage de son bas-ventre. Sophie ne résiste pas et ses lèvres ne sont bientôt plus qu'à quelques millimètres du membre de Jean-Marc. Il cesse alors ses pressions sur la tête, laissant Sophie décider seule de la suite. Celle-ci n'hésite que quelques secondes, puis sa langue remplace ses doigts. Elle lèche le pénis sur toute sa longueur, ses lèvres s'entrouvrent, et je vois pour la première fois un gland autre que le mien s'enfoncer dans la bouche de ma chérie, moment que j'immortalise. Loin de me rendre jaloux, cette vision m'excite énormément et mon sexe se trouve bien à l'étroit.

Sur le canapé, Suzanne paraît elle aussi stimulée par le spectacle. Je remarque une main qui caresse sa poitrine, étirant les tétons. Elle tourne les yeux vers moi et, me souriant, me fait signe de la rejoindre, ce que je fais en ne quittant pas du regard l'autre couple. Sitôt assis à ses côtés, je sens sa main se poser sur mon engin. Elle a un peu de mal à le libérer et je l'aide, me débarrassant de mes pantalon et slip. Sa main me caresse lentement pendant que je découvre sa fente déjà bien humide. Sophie suce toujours le sexe de notre hôte, le sortant parfois de sa bouche pour lui lécher les couilles. Jean-Marc la laisse faire un peu, puis décide de changer de position. Il s'allonge par terre et l'attire sur lui en 69. Elle reprend sa fellation et lui, écartant les lèvres de ses deux pouces, plonge sa langue dans sa fente. Leurs gémissements couvrent les autres bruits. Suzanne me fait signe de les photographier et le flash crépite de nouveau plusieurs fois. Je me lève pour m'approcher d'eux et les photographier à tour de rôle en gros plan. Cela me permet d'admirer de près les lèvres de ma chérie déformées par la taille du sexe de Jean-Marc qu'elle s'emploie à engloutir le plus loin possible, ses mains lui flattant les couilles. De son côté, Jean-Marc lèche sa fente sur toute la longueur, s'enfonce dans la chatte trempée pour goûter le plaisir de ma Sophie, remonte embrasser l'œillet et y enfoncer le bout de la langue.

Leur plaisir semble proche, les gémissements s'amplifient et Sophie parvient la première au nirvana dans un long cri. La bouche de son amant se colle à son sexe afin d'y récolter le fruit de son orgasme. À son tour, son corps se tend et il se répand entre les lèvres de Sophie qui le garde et boit toute sa semence.

Je sens alors la main de Suzanne se reposer sur mon sexe. Je délaisse l'appareil photo et m'allonge à mon tour.

Sa bouche remplace ses doigts et elle m'engloutit jusqu'à la racine. Elle s'allonge tête-bêche à côté de moi, m'offrant son intimité que je m'empresse de déguster. Ma langue va et vient dans son puits trempé. Jamais je n'ai vu une femme autant mouiller ! Je lape sa liqueur à grands coups de langue gourmands, plonge au plus profond de sa grotte. Nos gémissements ont remplacé ceux de Jean-Marc et Sophie.

J'ai beaucoup de mal à retenir ma jouissance mais, décidé à la faire jouir en premier, je me force à penser à autre chose. Je n'attends pas très longtemps, je sens les muscles de Suzanne se tendre, son ventre s'arquer et bientôt elle me pisse littéralement son plaisir sur le visage. Son jus coule sur ma langue et mon menton, et je tente d'en boire le maximum. Sous la jouissance, elle serre un peu plus les lèvres autour de ma colonne et, à mon tour, je sens le plaisir monter. Je ne me retiens plus et lui inonde la bouche de puissants jets qu'elle avale sans rechigner.

Nous reprenons tous les quatre nos esprits. Nous dégustons un nouveau punch, nus comme des vers, l'ambiance est lourde et personne n'ose parler. C'est Jean-Marc qui, le premier, ouvre la bouche:

«Je ne sais pas pour vous, mais je suis très heureux des instants que je viens de vivre!

— Moi aussi, répond Suzanne. Et vous?

— J'aurai du mal à prétendre le contraire. Et toi, ma chérie?

— Je ne regrette pas non plus, au contraire.»

Silence de nouveau. Suzanne s'approche alors de Sophie et pose la main sur sa cuisse. Sophie ne bouge pas, semblant encourager Suzanne à poursuivre, ce dont elle ne se prive pas. La main remonte et atteint très vite la fourche. Les jambes s'écartent et les doigts de Suzanne caressent la fente encore gonflée. Jean-Marc et moi les regardons en silence. Je remarque que le sexe de notre ami a retrouvé toute sa vigueur. Sa femme le regarde et lui fait signe de les rejoindre. Il s'approche du canapé, elle empoigne sa verge et le dirige vers le sexe de Sophie. Elle s'amuse à caresser le sexe de ma chérie avec le gland de son mari, puis le pointe à l'entrée du vagin. Sophie a comme un sursaut et resserre les jambes.

«Non...

— Tu n'as pas envie de sentir sa grosse queue en toi?

— Non... je ne veux pas aller jusque-là...

— Mais pourquoi?

— Je ne sais pas, on peut se caresser, se lécher mais je n'ai pas envie d'aller plus loin.»

Suzanne s'empare de nouveau du sexe de son mari et reprend ses caresses sur la chatte de Sophie.

Bientôt, les gémissements de ma Sophie trahissent son excitation. Sans cesser les caresses, Suzanne lui demande une nouvelle fois :

« Tu es sûre de ne pas avoir envie de son sexe en toi ?

— Oui, euh... non je ne veux pas.

— Tu ne sais pas ce que tu rates, tu aimes sentir sa bitte caresser ta chatte ?

— Oh oui ! C'est bon, continue. »

Je m'assieds à côté de ma chérie et lui caresse la poitrine. Elle tourne le visage vers moi et nos lèvres se joignent. Notre baiser est long et passionné. Quand nos bouches se séparent, je la regarde tendrement et lui demande :

« Pourquoi tu ne veux pas que Jean-Marc te prenne ?

— J'aurais l'impression de te tromper.

— Mais tu aimerais l'avoir en toi ?

— Je ne sais pas, oui, mais toi ? Tu veux que je me fasse baiser par lui ?

— Si tu en as envie, je suis d'accord. Et rassure-toi, je n'aurais pas du tout l'impression que tu me trompes. Alors, tu en as envie ou non ?

— Il est gros...

— Justement, je suis sûr que tu aimerais.

— Tu crois ?

— Allez ! Vas-y !

— D'accord. »

Jean-Marc continue de caresser sa chatte. Sophie le regarde alors :

« Tu ne me prends pas ?

— J'attends que tu me le demandes.

— Je suis d'accord, vas-y.

— Demande-le-moi !

— Prends-moi, enfonce ton gros pénis dans ma chatte.

— Comme ça ? D'accord. »

Il pointe son gland à l'entrée du vagin et la pénètre d'une seule poussée, lui tirant un cri de surprise et de plaisir mêlés. Lorsqu'il est entièrement en elle, il reste quelques instants immobile, puis entame de puissants va-et-vient, arrachant des gémissements de plaisir à Sophie. Il la pilonne ainsi de longues minutes. Le visage de ma douce moitié est méconnaissable, déformé par le plaisir qu'elle prend à se faire ainsi limer par notre ami. Je m'empare d'un sein, Suzanne de l'autre et nous les pelotons fermement, pinçant et étirant les tétons. Cela l'excite de plus en plus et elle nous le dit dans des termes que je n'ai pas coutume de lui entendre dire :

« Salauds ! C'est trop bon ! Je vais jouir !

— Alors, tu vois que tu l'aimes l'engin de mon mari !

— Ah oui ! Il me remplit bien. Ah ! mon chéri, je me fais mettre devant toi et j'adore ça !

— Profites-en bien ! Laisse-toi aller...

— Oui ! Je viens ! Je jouis, ah... c'est bon ! »

Un long cri sort de sa gorge et son corps se tend. Jean-Marc ne cesse pas pour autant ses coups de reins et, très vite, ma chérie atteint une seconde fois le plaisir. Elle reste ensuite inerte, les yeux clos, savourant ses deux orgasmes successifs. Jean-Marc la lime encore un peu et, sentant le plaisir monter à son tour, sort du sexe de Sophie, se relève et appuie son gland contre sa bouche. Les lèvres s'ouvrent et avalent le gland. Je vois Jean-Marc se raidir et, pour la seconde fois, Sophie reçoit le sperme de notre ami dans la bouche. Elle le garde un peu puis, le relâchant, se tourne vers moi et me roule une pelle. Je goûte pour la première fois le jus d'un autre homme et me surprends à trouver cela agréable. Suzanne m'attrape alors par la main et, s'asseyant à côté de Sophie, relève les jambes et m'invite à la pénétrer, ce que je me fais un plaisir de faire. Je m'enfonce lentement en elle, avec l'impression de pénétrer un volcan tant sa chatte est brûlante. Elle enserre mes reins de ses jambes et s'appuie sur mon dos, me faisant pénétrer au plus profond de son vagin. Sophie lui caresse les seins et le ventre. J'entends alors Suzanne me demander de la prendre par-derrière. Je sors de sa chatte, lui relève un peu plus les jambes et pointe mon gland contre sa rosette.

« Vas-y ! N'aie pas peur, elle a l'habitude. »

Les paroles de Jean-Marc me rassurent et j'investis ses reins sans hésiter. Son cul est souple mais serré, et mon sexe est comme dans un étau. Après quelques minutes, Jean-Marc me fait signe de changer de position. Je sors du cul de Suzanne et, sur les indications de notre ami, m'assieds sur le canapé. J'attire Suzanne à moi et réinvestis ses reins. Jean-Marc se place entre ses cuisses et je sens son sexe pénétrer sa femme. Celle-ci crie son plaisir de se sentir ainsi prise devant et derrière. Sophie ne perd pas de temps et prend quelques photos de notre accouplement. Nous baisons ainsi Suzanne de longs instants, la faisant jouir trois fois, puis je viens à mon tour et mes jets fusent dans son boyau, lui arrachant un quatrième orgasme qui la laisse sans force. Elle nous demande de la laisser récupérer, ce que nous lui accordons. Je prends place aux côtés de ma Sophie et reprends moi aussi mon souffle.

Après quelques minutes de récupération, Jean-Marc nous invite à regarder les photos sur l'ordinateur. Nous voici donc de nouveau dans le bureau.

Les photos défilent sous les exclamations. Je remarque que Jean-Marc s'est installé contre le dos de Sophie et que je ne vois plus ses mains. Décidément, il est insatiable! Suzanne a elle aussi remarqué le manège de son mari et le regarde en souriant. Je baisse les yeux et distingue les mains de notre ami posées sur le pubis de ma chérie. Après la dernière photo, Jean-Marc prend Sophie par la taille et la fait se mettre face à Suzanne.

Celle-ci s'empare des seins qu'elle caresse doucement, puis pose les lèvres sur celles de Sophie. Leur baiser dure longtemps, Sophie caresse elle aussi la poitrine de Suzanne, les doigts de Jean-Marc fourrageant toujours dans son sexe. Je m'installe comme lui derrière son épouse et entreprends les mêmes caresses. Jean-Marc nous propose de nous rendre dans la chambre. Nous voici allongés tous les quatre sur le grand lit. Jean-Marc se penche sur Sophie et l'embrasse longuement à son tour. Puis, il s'écarte et laisse les deux femmes ensemble. Un peu en retrait, nous les regardons s'embrasser et se caresser. Elles se retrouvent en 69, Suzanne dessous, et j'admire Sophie lécher pour la première fois un sexe féminin. Je regarde sa langue parcourir la fente de Suzanne, s'enfoncer entre les lèvres gonflées, embrasser l'anneau sombre de l'anus. Ce spectacle m'excite au plus haut point.

Jean-Marc s'approche alors du couple et caresse les fesses de Sophie avant d'immiscer un doigt au centre de celles-ci. Ma chérie ne le repousse pas, au contraire, elle se cambre, s'offrant ainsi à l'exploration. Il s'empare d'un tube de vaseline dans la table de nuit et en dépose une bonne quantité sur l'œillet. Son doigt revient se poser et, aidé par le lubrifiant, s'enfonce sans difficulté dans les reins de Sophie, bientôt rejoint par un second.

Je le regarde aller et venir dans le cul de ma douce moitié. Les caresses durent un moment, puis il s'installe derrière elle et son gland vient se poser contre elle. Sophie, si elle m'a parfois livré le chemin de ses reins, n'aime pas beaucoup la sodomie. J'attends donc de voir jusqu'où elle va aller. Attente qui ne dure guère, car je distingue bientôt le gland de Jean-Marc tenter de s'enfoncer entre les fesses. Sophie a abandonné le sexe de Suzanne et son visage trahit l'effort qu'elle fait pour accueillir la bitte qui force son anus. Elle grimace un peu et demande à Jean-Marc d'y aller doucement. Très attentionné, notre ami pénètre son cul pratiquement millimètre par millimètre, remettant du lubrifiant sur son sexe. Après de très longues minutes, ses couilles butent contre les fesses de ma chérie. Il reste immobile, la laissant s'habituer. Suzanne a, quant à elle, repris ses caresses sur la fente et, bientôt, les gémissements de Sophie retentissent dans la chambre. Ses fesses se tendent à la rencontre du sexe qui la sodomise. Jean-Marc comprend alors qu'elle est prête et, lentement, sort presque entièrement de son anus puis, après quelques secondes, l'investit à nouveau, d'une seule poussée.

Un cri de plaisir sort alors de la gorge de ma Sophie, puis :

« Oh, oui ! Vas-y ! Encule-moi bien à fond ! »

Il ne se le fait pas dire deux fois et entame de profonds va-et-vient, faisant crier Sophie à chaque coup de reins. Je m'approche du trio et, m'installant entre les jambes de Suzanne, je la pénètre à mon tour. Après quelques allers et retours, je change d'orifice et investis son cul. Nos deux femmes se font alors fermement enculer, tout en continuant à se lécher la fente. En sueur, le visage congestionné, Sophie jouit la première dans un long cri.

Son plaisir déclenche celui de Suzanne qui, à son tour, hurle sa jouissance. Jean-Marc et moi continuons de les baiser, puis je sens le plaisir arriver. J'accélère mes coups de reins et, mon gland fiché dans le cul de Suzanne, je me déverse dans son boyau. Jean-Marc me rejoint bientôt et inonde à son tour celui de ma Sophie. Repus de plaisir, nous nous allongeons côte à côte et reprenons notre souffle.

À l'invitation de nos amis, nous passons la nuit chez eux.

Le photographe

Sur mon carnet de rendez-vous, les quatre lettres ont été tracées rapidement par mon assistante, toujours pressée d'en finir.

L'après-midi triste de ce mois de novembre semble jeter un froid sibérien dans mon studio-atelier.

Pourtant, quand Sophie est arrivée, avec dix bonnes minutes d'avance sur l'heure de son rendez-vous, il m'a semblé qu'une douce chaleur la précédait.

Devant moi se tient une personne un peu gauche et timide dans son imperméable noir, soigneusement boutonné, les cheveux brun foncé, une peau d'un teint exceptionnel, renforcé par le rouge flamboyant de ses lèvres et le vert profond de ses yeux. Un grand sac à la main. Elle se tient là, droite, souriante et s'excusant d'être arrivée en avance.

Tant bien que mal, je lui désigne un coin de chaise vers la table qui tient lieu de bureau, non loin du chauffage.

« Mon assistante ne m'a pas indiqué pourquoi vous aviez pris rendez-vous.

— Eh bien, c'est pour des photos.

— Bien entendu, mais quelle sorte de photos ? »

Un long silence s'installe.

Visiblement, cette jeune femme semble embarrassée. Bien que je sois normalement habitué à de telles situations, je reste toujours un peu timide lors des premières minutes qui précèdent souvent de longues heures de poses et de travail.

« Photographe. Oui, vous l'aviez compris, je pratique l'art photographique mais pas dans le style actuel qui utilise l'informatique. Non, je travaille à l'ancienne, je suis spécialisé dans les portraits en noir et blanc au moyen d'une chambre photographique.

— Je voudrais un portrait pour faire un cadeau.

— Oui, c'est une excellente idée !

— C'est un cadeau spécial, dit-elle sur le ton de la confidence et en cherchant ses mots.

— Expliquez-moi. »

J'avais hâte de connaître ce que le terme « spécial » pouvait cacher et, pendant cette attente, j'offrais à la jeune femme un large sourire chaleureux pour l'encourager à poursuivre.

« Voilà, je suis fiancée et je vais me marier dans quelques semaines.

— Toutes mes félicitations ! Mais vous savez que je ne fais pas de photos ou de reportages de mariage…

— Je sais, dit-elle sur un ton précipité. En fait, j'ai aussi un très bon ami qu'il me faut quitter à regret et je voudrais lui laisser un beau souvenir de moi. »

Sophie marque une pause, me regarde, puis baisse les yeux et la voix avant de continuer :

« Cet ami trouve que je suis belle quand je me donne du plaisir et il dit qu'il voudrait alors me "statufier" dans ce moment-là. Alors, voilà, je voudrais que vous fassiez une photo de ce moment particulier. »

Étonné, je reste sans voix. C'est bien la première fois que l'on me fait une telle demande. Pourtant, en plus de 20 ans de métier, des demandes originales, j'en ai eu mon lot.

« Cela est-il possible ? reprend Sophie après un court silence. Vous pouvez faire une photo dans ce moment-là ? »

Pour cacher ma gêne, je force un peu le ton de ma voix et, dans un grand sourire, je lui réponds un peu vite :

« C'est une idée très originale. Bien sûr que c'est possible !

— Oh ! Super ! Merci, merci beaucoup.

— Comment fait-on ? »

Silence. La question est embarrassante. Pour elle, qui espérait un conseil de ma part et pour moi, qui suis censé le lui apporter. Mais, dans l'instant présent, je n'ai pas réellement d'idées.

Je ne la connais pas dans ses moments intimes et, quand bien même, est-ce que je saurais trouver cet instant à immortaliser ? Sera-t-il celui préféré par son ami ou par elle ? Sait-elle seulement si cela arrive chaque fois ? Et combien d'autres questions me viennent à l'esprit me montrant tous les pièges de cette demande pour le moins bizarre.

« Quand voulez-vous réaliser ce travail ?

— Bien... Maintenant?... C'est possible?

— Oui, bien sûr... mais vous sentez-vous prête?»

Les mots me manquent. Pudeur ou timidité de ma part, elle semble comprendre ma gêne et ne me laisse pas finir ma phrase ni chercher mes mots. Elle se lève naturellement, me demandant où elle peut s'installer.

De la main, je lui désigne une sorte de podium sur lequel se trouve un siège, sous le cercle des projecteurs, face à l'objectif de ma chambre.

Naturellement, Sophie se déshabille, alors que je me dirige vers le lieu de prise de vue pour lui préparer un minimum de confort. Dans une malle, j'y trouve deux grandes peaux de mouton brun que j'installe sur des coussins. Le temps que je prenne un instant de recul, règle mes projecteurs, la voilà nue, naturellement à l'aise.

De dos, elle présente une belle chevelure brun foncé et un galbe des hanches presque parfait. Les jambes, fines et musclées, semblent interminables. Celles-ci reposent sur des chevilles délicates, légèrement marquées et donnent naissance à de longs pieds fins, cambrés, aux orteils réguliers, soigneusement entretenus.

Les reins sont marqués par deux fossettes qui entourent une colonne vertébrale droite. La peau du dos semble douce et veloutée.

Alors que je termine de préparer mon matériel de prise de vue, elle me fait face.

«Comment dois-je m'installer?»

Je lève le nez de mon appareil. Face à moi, le devant est encore mieux que le dos. Les seins, d'une grosseur moyenne, ont des mamelons pointus et de larges aréoles rose foncé. Le ventre, légèrement bombé, descend harmonieusement vers une courte toison brune, taillée en triangle qui marque la jointure des cuisses.

« Euh, installez-vous comme vous le souhaitez, le plus confortablement possible et oubliez-moi. »

Elle me regarde, interloquée.

« Comment vous oublier ?

— Oui, essayez de vous concentrer sur votre plaisir, faites comme si votre ami était à vos côtés. »

Sophie s'installe. Elle commence par arranger les coussins, puis les peaux de mouton. En se penchant, elle m'offre une vue large sur son intimité. Sa vulve est prise dans un écrin de poils, qui conservent l'empreinte de ses sous-vêtements.

Enfin, elle s'étend sur le dos, les épaules légèrement relevées, les jambes encore serrées l'une contre l'autre, un bras sous la tête, l'autre frottant doucement et distraitement ses seins.

« Je peux commencer ?

— Allez-y. Euh… faites comme chez vous ! »

Durant un long moment, je reste hors du cercle de lumière, dans l'ombre de mon atelier.

Seul dans le halo des projecteurs, le corps blanc et luisant qui tranche sur les peaux de mouton sombres bouge doucement.

J'admire le spectacle, retenant mon souffle tout en déclenchant des rafales de photos. Sophie accentue la caresse sur ses seins. Du bout de ses doigts, elle excite le mamelon, le pressant entre son pouce et sa paume pour faire pointer le téton. Le jeu dure de longues minutes et j'aperçois les seins se dresser, leurs tétons fièrement érigés. La caresse fait fermer les yeux à la jeune femme qui mord ses lèvres, rejette sa tête dans son bras qui la soutient.

Puis, la main descend rapidement vers le ventre. J'accompagne du regard les longs doigts fins dans leur descente sur la peau.

Ils frôlent rapidement le nombril, volètent au-dessus de la toison pubienne, y font quelques allers et retours qui ont pour conséquence de déclencher une vague de frissons qui semble la redresser. Les jambes s'écartent. La main plonge vers le sexe. Du bout des doigts, Sophie écarte les poils qui recouvrent sa fente, laissant apparaître l'entrée de son intimité, deux grandes lèvres rose foncé, presque brunes, larges et déjà luisantes d'humidité et de plaisir. Sophie les écarte et remonte vers son clitoris.

Du bout de son index, elle le cherche, le décapuchonne et le fait surgir de son petit bourrelet de chair formé par le haut de sa vulve. Du bout de l'ongle, elle vient doucement en gratter le bout. La petite tige, rose et luisante, pointe largement au-dessus des chairs. Il me semble que la pression de ses doigts se fait plus forte par instants et plus douce à d'autres. J'entends sa respiration s'accélérer. De temps à autre, dans un mouvement instinctif, les cuisses se referment brutalement sur sa main puis, immédiatement, s'écartent à nouveau pour continuer à me livrer le spectacle de sa masturbation.

À l'aide de son autre main, Sophie écarte maintenant largement ses lèvres et masturbe du bout des doigts l'entrée de son sexe. Le plaisir coule le long de ses doigts qui vont et viennent dans l'entrée de son vagin. Le rose des muqueuses luisantes contraste avec la blancheur du bout de ses doigts.

De temps à autre, elle ressort totalement ses doigts et va caresser l'anneau culier, provoquant des spasmes de son petit trou.

Tous ses mouvements s'accélèrent. Sophie ne respire plus, elle s'essouffle et lâche des petits cris de plaisir.

Le pouce a trouvé l'entrée de son anus largement enfoncé, allant et venant à un rythme soutenu, tandis que de ses autres doigts elle pénètre son vagin et continue avec son autre main à masturber son clitoris.

De longs jets s'écoulent et trempent ses mains. Son corps se tend. Les muscles tressaillent, se durcissent. Le ventre se creuse, puis se bombe. Les fesses décollent des peaux de mouton, restent en l'air un court instant et retombent gracieusement.

Les seins, aux tétons en érection, se soulèvent au rythme de sa respiration saccadée.

Depuis un long moment, Sophie a ouvert ses yeux, mais son regard semble rester dans le vague ou, du moins, fixer un point lointain qu'elle contemple avec gourmandise, en souriant. Ses lèvres, légèrement entrouvertes, laissent éclater la blancheur d'une dentition parfaite. De temps à autre, la langue rose et pointue vient humidifier ses lèvres de façon suggestive et gourmande.

Tout en déclenchant mes appareils, je ne peux rester insensible au spectacle de cette jeune femme qui offre à mon objectif son plaisir intime.

C'est vrai qu'elle est belle, qu'elle est magnifique dans cet instant où son plaisir est à l'apogée. Elle semble rayonner sa jouissance. Et si mon pantalon marque une bosse, preuve évidente de mon excitation, je dois rester professionnel et me contenter d'être un spectateur attentif.

La respiration de Sophie tend à redevenir normale, plus sereine, plus apaisée. Son corps se détend. Les doigts, engourdis par la pression du plaisir, semblent retrouver, eux aussi, leur autonomie.

Elle retire ses mains de son entrejambe et de ses fesses. Reprenant ses esprits, elle secoue la tête de droite à gauche et, tel un ressort libéré de son support, se redresse.

« Est-ce que c'était...

— Oui !... C'était !... »

Je cherche mes mots.

« Merci, dit-elle d'un ton simple en baissant les yeux.

— Je peux me rhabiller ?

— Bien sûr ! »

Tout en rassemblant mon matériel, je jette un dernier coup d'œil vers ce corps qui se lève et se dirige avec une démarche naturellement gracieuse vers le tabouret pour aller se revêtir.

Dans un dernier regard, Sophie se dirige vers la porte. Et si je ne lui avais pas proposé un rendez-vous pour venir voir les clichés et en faire une sélection, elle serait peut-être partie sans rien dire.

***

Sophie n'est pas venue au rendez-vous. Elle n'est pas venue choisir de clichés. En fait, Elle n'est jamais revenue, et je ne l'ai jamais revue. J'ai simplement reçu, le lendemain, dans ma boîte aux lettres, un chèque d'un montant suffisant pour couvrir l'ensemble des frais.

Plus tard, bien plus tard, lors d'une rencontre avec des confrères, nous avons découvert qu'elle avait agi de la même façon au moins à cinq reprises. Après avoir raconté à chacun d'entre nous la même histoire, elle s'était déshabillée, elle s'était masturbée devant l'œil des appareils photo, elle était partie sans dire un mot et n'était jamais venue chercher ses photos.

Le cadeau

Le soir de notre anniversaire, j'ai offert à Sophie le bracelet qu'elle voulait tant, même si c'était une véritable petite folie. J'avais tout préparé : les enfants chez leurs grands-parents et un bon petit dîner en amoureux afin que la soirée se déroule parfaitement. Enfin, presque tout, puisque ma petite Sophie est arrivée avec une heure de retard, folle furieuse après son patron et ayant en plus complètement oublié notre anniversaire. Dire que, généralement, on pense que ce sont les hommes qui oublient les anniversaires !

La soirée se passe quand même pas trop mal, même si on est loin de ce que j'avais espéré. Sophie s'en rend d'ailleurs compte et se confond en excuses toutes les dix minutes. Au milieu du repas, je lui dis d'arrêter et de profiter plutôt de la soirée. Elle me regarde droit dans les yeux, puis elle glisse sous la table et entreprend une fellation dont elle seule a le secret.

Évidemment, nous n'avons pas mangé le dessert, la soirée se terminant au lit bien plus tôt que prévu. Durant les jours suivants, j'ai senti Sophie plutôt distante et tracassée. Je lui ai demandé pourquoi tant de soucis et elle m'a répondu qu'oublier notre anniversaire était vraiment impardonnable de sa part.

Le samedi suivant, en rentrant de chez un ami, je trouve un mot de Sophie : « Prends une douche et habille-toi, nous sortons ce soir. » Vers 20 heures, enfin prêt, je me demande quelle surprise m'attend lorsque le téléphone sonne. Sophie m'annonce qu'elle vient me chercher en voiture dans cinq minutes. Le temps de verrouiller la porte de la maison et voici la voiture qui arrive. Mon amour est au volant, maquillée, un long manteau ne dévoile que ses jambes gainées de soie. Elle est splendide. Elle m'embrasse tendrement et me souffle à l'oreille :

« Bon anniversaire, mon amour, cette nuit est ta nuit... »

Je frémis et me sens très fier d'être son conjoint.

« Où allons-nous ?

— Nous allons dîner dans un endroit que tu ne connais pas ! »

Nous arrivons devant un restaurant assez sélect, je la regarde de plus en plus étonné. Nous rentrons. Un serveur nous accueille et prend aussitôt nos manteaux, et là, j'ai le premier choc de la soirée.

Ma conjointe, si discrète, si prude d'habitude porte un tailleur avec une minijupe. Visiblement, la veste portée à même la peau est plus déboutonnée qu'il ne conviendrait, offrant à tous un décolleté étourdissant qui s'allonge presque jusqu'au milieu de ses seins. Je reste sans voix. J'entends Sophie qui prend les choses en main et se dirige vers notre table. Je la suis dans un état second, mais tout à fait conscient de l'effet produit sur le serveur et les autres convives attablés.

Tout en dégustant notre repas, Sophie m'explique sa petite mise en scène. Régulièrement, je la sermonne sur ses tenues trop classiques, pas assez sexy, qui ne mettent pas en valeur son corps. Alors, ce soir, elle a voulu me faire plaisir et s'est donc acheté ce tailleur, des bas et un string. Je n'en reviens pas! Je dois dire que pendant qu'elle m'explique tout cela, je ne peux détacher mon regard de ses seins qui se balancent librement sous sa veste. Je ne suis d'ailleurs pas le seul qu'elle envoûte. Le serveur ne se gêne pas pour la regarder avec insistance, et plus particulièrement son décolleté. Une pointe de jalousie monte en moi lorsque Sophie me dit:

«Il ne faut pas que tu sois jaloux, après tout, n'es-tu pas fier d'avoir une femme qui attire les regards? Laisse-moi faire et profite du spectacle.»

Sans que je puisse dire quoi que ce soit, elle se lève et se dirige vers les toilettes. La plupart des hommes présents, moi compris, la suivent du regard.

Au bout de quelques minutes, elle revient, rayonnante, les yeux brillants d'excitation; elle a quelque chose de différent. C'est seulement lorsqu'elle s'assoit que je m'aperçois que son décolleté bâille franchement. Elle a déboutonné encore plus sa veste et devient ainsi très provocante. Franchement, elle m'épate. L'excitation remplace petit à petit la jalousie. Elle me chuchote alors:

«Ce que tu ne sais pas, pas plus que les autres, c'est que je n'ai plus de string.»

Mon érection grandit encore au point de me faire mal. Le serveur nous demande alors ce que nous voulons tout en louchant vers le décolleté de Sophie. Elle fait mine de réfléchir tout en jouant avec le tissu de sa veste dévoilant discrètement un de ses beaux seins au regard avide du serveur. Une fois seuls, elle me demande:

« Tu as aimé ?

— Oui, mon amour.

— Moi aussi, cela m'excite. »

C'est dans une tension incroyable que nous terminons le dîner. Il est encore tôt pour rentrer et Sophie me propose de sortir danser un peu pour entretenir cette tension qui nous excite tant.

Bien sûr, j'accepte et lui laisse le choix de la suite de la soirée. Nous partons pour une sorte de piano bar dont nous avons entendu parler. Dans la voiture, je caresse doucement ses cuisses et en remontant doucement, je m'aperçois qu'effectivement elle ne porte rien sous sa jupe et que son sexe est complètement inondé.

Nous arrivons rapidement à destination et découvrons l'endroit qu'un de nos amis nous avait chaudement recommandé. Lumière tamisée, ambiance feutrée, quelques couples dansent au son d'un piano qui joue une douce mélodie. Nous nous installons un peu en retrait et commandons deux cocktails. Les sens de plus en plus échauffés par l'excitation et l'alcool, Sophie me propose de danser. Doucement, nous évoluons ainsi un long moment au milieu des autres danseurs. Je propose à Sophie un autre cocktail et la laisse près de notre table. Lorsque je reviens, un homme d'une cinquantaine d'années l'invite à danser. D'un bref regard dans ma direction pour demander mon accord, elle se dirige vers la piste au bras de son cavalier.

De ma place, je peux les voir tourner doucement au rythme de la musique. Petit à petit, je vois les mains de l'homme qui commencent à caresser le dos de ma conjointe. La jalousie et l'excitation me reprennent. Un moment, je capte le regard interrogateur de Sophie. Mes yeux brillants et mon sourire sont autant de oui à sa question muette : « Bien sûr, si tu le veux, laisse-le continuer, il n'y a pas de mal à se laisser un peu caresser le dos. »

Je continue donc à les observer. Les mains de cet inconnu se font plus insistantes, plus pressantes. Ils se rapprochent lentement de notre table. J'aperçois alors leurs corps serrés l'un contre l'autre dansant doucement. Ils ne sont plus qu'à deux ou trois mètres lorsque l'homme, face à moi, regarde dans ma direction. Lentement, sans lâcher une seule seconde mes yeux, il se penche et embrasse délicatement ma Sophie sur l'épaule et remonte lentement vers le cou, puis la joue, s'arrêtant juste à la commissure des lèvres.

C'est à ce moment précis que la musique cesse. Je vois alors Sophie remercier cet homme et venir me rejoindre.

« Tu es en colère ? me demande-t-elle inquiète.

— Non, pourquoi le serais-je ?

— Tu l'as vu me draguer et cela ne te faisait rien ?

— Si, je dois dire que j'ai aimé te voir danser avec lui, j'ai aimé le voir te caresser, t'embrasser. Et toi ?

— C'était très agréable ! »

C'est à ce moment-là qu'intérieurement je me suis posé la question pour la première fois : cela me plairait-il qu'elle fasse l'amour avec un autre que moi ?

Prenant mon courage à deux mains, je lui demande alors si elle aimerait danser à nouveau avec lui.

Elle me regarde, interrogative, mais ne répond pas. Quelques longues secondes s'égrènent, puis elle me dit :

« Cette nuit est ta nuit. Je t'aime. Je ferai ce qu'il te plaira. »

Nous sommes restés de longues minutes à nous regarder, à nous embrasser. Enfin, je lui dis :

« Écoute, mon amour, je sais que tu adores danser et je ne voudrais pas te priver. Vas-y si tu en as vraiment envie. »

Elle me sourit, m'embrasse, puis se lève lentement et se dirige vers la piste de danse. Au bout de quelques minutes, l'homme revient et se met à danser devant elle. Petit à petit, ils s'écartent du centre de la piste pour se retrouver dans un coin assez sombre, proche de notre table. Ma conjointe, jusque-là assez sage, entreprend lentement une danse de plus en plus sensuelle, voire lascive. Je regarde, fasciné, ma douce moitié exécuter une espèce de parade amoureuse qui n'a pour but que d'exciter le mâle qui se trouve devant elle.

L'homme se rapproche d'elle et lui chuchote quelque chose à l'oreille. Sophie le regarde et lui sourit. Ils se remettent alors à danser l'un contre l'autre, bougeant au rythme de la musique, rapprochant toujours un peu plus leurs corps jusqu'à se coller. Mon excitation grandit encore bien que mes sentiments soient plus axés sur la jalousie et la colère. Voir ma conjointe aussi calme, aussi décontractée dans les bras de cet homme me fait mal.

Elle me regarde alors et articule distinctement :

« Pour toi. Je t'aime. »

Ma tension intérieure chute brutalement et je lui souris. Elle regarde alors son cavalier et l'embrasse sur la bouche. Pas un baiser du bout des lèvres, mais un baiser profond, sensuel. Les mains de son cavalier descendent doucement sur les fesses de Sophie pour l'obliger à se plaquer encore davantage à lui. Ils dansent ainsi quelques minutes, se rendant caresses et baisers. À la fin, l'homme la prend par la main et l'attire vers sa table où ils retrouvent un autre couple. Je les observe, toujours plus excité ; elle rit, boit un peu, rit encore. Elle est belle, désirable.

Son cavalier pose sa main sur la cuisse de Sophie et commence à la caresser. Elle me regarde, interrogative. Je lui fais à nouveau un grand sourire qui a pour effet de la détendre complètement. Elle s'appuie sur le dossier de la banquette et se laisse aller pour mieux apprécier. Lentement, la main remonte vers le haut de sa cuisse dévoilant ma conjointe toujours un peu plus. L'autre couple décide alors d'aller danser.

Sans doute se sentent-ils de trop. L'homme est en train d'embrasser ma conjointe lorsque sa main effleure sa toison brune. Il marque un temps d'arrêt, puis reprend son exploration.

Même s'ils sont un peu abrités par la semi-obscurité et que la table est assez éloignée de la piste de danse, le spectacle de mon épouse, la jupe complètement remontée, ne peut pas échapper à toute l'assistance. Je regarde rapidement autour de moi, un peu affolé. Je ne repère personne d'autre que le couple de tout à l'heure qui semble s'en être aperçu. L'homme continue de caresser Sophie tendrement, puis lui chuchote quelque chose. Enfin, il se dirige vers la sortie. Sophie vient me rejoindre, les yeux brillants.

« Je t'aime, me dit-elle.

— Moi aussi. Mais pourquoi est-il parti ?

— Il m'attend dehors, seule.

— Que comptes-tu faire, mon amour ? » lui demandai-je inquiet.

À ce moment, mes sentiments sont tellement confus que je ne sais même pas quelle réponse je souhaite entendre. Elle me regarde dans les yeux et me répète pour la troisième fois de la soirée :

« Cette nuit est ta nuit. Je t'aime. Je ferai ce qu'il te plaira. »

Le problème, c'est que je ne sais plus ce que je veux! Je reste un long moment sans rien dire, lui caressant les cheveux. Enfin, je romps le silence:

« Où t'a-t-il proposé d'aller? Vas-y, mon amour, si tu le désires.

— Rejoins-moi à 4 heures. Je serai alors toute à toi, mon amour. »

Elle m'embrasse tendrement, se redresse devant moi, déboutonne totalement sa veste de tailleur, prend son sac, traverse la salle et sort.

Je reste seul, rempli de sentiments contradictoires. Il est à peine minuit.

Les quatre heures suivantes traînent lamentablement. Je danse un peu, discute beaucoup avec le barman. Je suis dans un état d'excitation incroyable.

Il est quatre heures pile lorsque je rentre chez moi. J'ai croisé une voiture à moins de 200 mètres de ma porte d'entrée. À cette heure, il y a fort à parier que c'était eux. Je monte directement dans notre chambre. Sophie est là, étendue sur le lit conjugal. Je la regarde, elle est encore plus belle. Je m'approche et l'embrasse tendrement sur le front. Son odeur est brouillée par celle d'une eau de toilette pour homme. Je m'approche de ses lèvres. Une autre odeur dont je devine l'origine, le sperme de son amant, chatouille mes narines. Une érection se déclenche immédiatement.

« Mon amour, je t'aime.

— Moi aussi, je t'en supplie, crois-moi! »

Je lui souris. Je poursuis lentement ma descente vers ses seins tout en déposant de petits baisers.

« S'il te plaît, laisse-moi me laver.

— Non ! Je te veux ainsi. »

Je descends jusque vers son sexe, et là, je vois sa vulve luisante de sperme. Ma conjointe me regarde, inquiète. Je suis fasciné par ce spectacle, par l'odeur de sexe qui imprègne la pièce, par ma douce moitié qui s'est donnée sans retenue à un inconnu. Je me déshabille rapidement et viens me blottir contre elle. Je la rassure par des mots tendres et beaucoup de douceur. Enfin, elle commence son récit.

Il lui avait demandé de venir le rejoindre seule, mais que si elle le faisait, elle devait aussi lui montrer qu'elle irait jusqu'au bout. C'est pourquoi elle a traversé toute la salle la veste déboutonnée. Une fois sortie, elle a rejoint l'homme qui l'attendait près de sa voiture. Rapidement, elle est montée et a indiqué le chemin jusqu'à notre maison. Le trajet s'est déroulé dans une tension extrême. Une fois arrivés à destination, l'homme a dit doucement :

« Tu es prête ?

— Oui. Allons-y ! »

Ils sont montés directement dans notre chambre, se sont embrassés longuement tout en se déshabillant mutuellement. Il l'a longuement embrassée, léchée avant de venir sur elle. Ils se sont regardés dans les yeux, puis, tout doucement, il est entré en elle. Il est resté quelques secondes sans bouger, pour qu'elle s'habitue à l'idée d'un autre sexe que le mien en elle. Puis, il a commencé de lents et longs va-et-vient jusqu'à ce qu'elle mette ses jambes sur ses reins comme un signal d'acceptation.

Ils ont fait l'amour sans s'arrêter pendant presque trois heures. De son propre aveu, Sophie devenait plus chienne à chaque minute. Elle l'a sucé longuement, s'est mise à quatre pattes, lui a demandé d'être plus violent, de lui tirer les cheveux.

Pendant son récit, je me suis mis sur elle afin de la pénétrer à mon tour. La pensée qu'un autre l'avait fait juste avant moi a décuplé mon ardeur, je la baisais comme un fou pendant qu'elle me racontait sa nuit d'amour. L'excitation était tellement grande que je n'ai pu me retenir longtemps de jouir en elle, mon sperme rejoignant celui de son amant. Je l'ai regardée alors pour lui dire combien je l'aimais.

Elle m'a simplement répondu avec un grand sourire :

« Je t'aime aussi. »

Lentement, je suis descendu jusque vers sa chatte trempée et je l'ai léchée, nettoyant sa vulve des souillures de son amant et du sperme que j'avais moi-même déposé.

Au bout de quelques minutes, Sophie s'est mise sur le ventre, découvrant son joli fessier avec comme seul commentaire :

« N'oublie rien, mon amour. »

Tremblant, redoutant ce qui va suivre, je prends ses jolies fesses dans mes mains et les écarte doucement. Son anus dilaté recrache un liquide blanc. Bien qu'elle ne m'ait jamais autorisé la sodomie, je l'ai quand même nettoyé avec application. Nous nous sommes endormis l'un contre l'autre.

Au petit matin, j'ai découvert une nouvelle Sophie, plus coquine, plus sensuelle. Seule une trace de morsure sur l'épaule, faite par son amant d'un soir, nous a rappelé la folle nuit que nous venions de passer.

Le fantasme

Depuis trois ans, Sophie et moi vivons ensemble. Nous apprenons à nous connaître dans tous les domaines afin de construire notre couple, mais il en est un que nous cherchons à compléter sans cesse : celui de la sexualité. Nous nous amusons de voir comment nos corps réagissent, se connaissent et en demandent toujours plus.

Lors d'une soirée, Sophie me dit :

« Chéri, j'aimerais que l'on réalise un de mes fantasmes. »

Étonné par cette demande particulière, je la regarde intensément car la plupart du temps, c'est moi qui suis obligé d'insister pour connaître ses désirs, ses rêves.

« Dis toujours.

— Voilà. J'aimerais qu'un inconnu entre dans cette maison et me fasse l'amour, les mains attachées dans le dos.

— C'est réalisable, mais pourquoi ce fantasme ?

— Depuis mon éveil à la sexualité, j'ai eu ce désir, et comme tu m'as demandé de tout te dire, j'en profite.

— D'accord, nous le réaliserons. Achète un bandeau noir que tu porteras sur tes yeux. Si un soir je te dis de préparer le bandeau, tu mettras tes vêtements sexy blancs pour qu'ils ressortent à la lumière tamisée du salon. OK ?

— À la condition que je ne voie pas la personne. À qui penses-tu, Guy ?

— Tu ne le connais pas et ne t'inquiète pas, je serai auprès de toi. »

Le lendemain, je décide de téléphoner à mon copain qui, pour l'occasion, va se nommer l'inconnu.

« L'inconnu, peux-tu te libérer pour réaliser un fantasme de ma compagne ?

— Tu sais bien, Guy, que pour ça je suis toujours prêt. Que veut faire Sophie, cette fois ? »

Je lui explique ensuite les désirs de Sophie, et nous convenons d'une date assez éloignée.

Le bandeau noir avait été acheté depuis longtemps. Ce vendredi verrait la réalisation du fantasme. J'étais malgré tout fébrile, et ma nervosité grandissait au fur et à mesure que le jour « J » approchait.

L'inconnu m'attend sur le trottoir d'en face. Je lui dis qu'il me faut un peu de temps et que de la fenêtre, je lui ferai signe.

« Sophie, mon cœur, j'aimerais que ce soir tu te mettes en tenue sexy. »

Désirant me plaire, elle s'exécute.

« Cela convient-il à mon chéri ?

— Effectivement, tu es ravissante, ta beauté, tes yeux m'attachent à toi à jamais. Viens dans le salon maintenant. »

Je la fais asseoir sur un fauteuil et vais prendre les accessoires nécessaires à la soirée qui se prépare : bandeau noir et cordon rouge pour les mains.

« Lève-toi afin que je t'attache les mains derrière ton dos.

— C'est pour ce soir ?

— Oui, mon amour.

— Guy, j'ai peur.

— Fais-moi confiance, obéis maintenant. »

Elle se lève, je réunis ses mains derrière son dos et, à l'aide du cordon, la fais prisonnière de ses mouvements.

« Assieds-toi maintenant. »

Placé derrière elle, je fais en sorte que le bandeau soit mis sur ses yeux et qu'elle ne puisse rien voir. J'exerce un contrôle, tout va bien. Seules quelques petites lumières éclairent le salon, qui met immédiatement en valeur le corps de ma Sophie qui tremble quelque peu. Je l'embrasse très légèrement sur ses lèvres rouges.

« Guy…

— Chut ! Profite au maximum de ces instants. Je serai toujours près de toi. »

Sur mon signe, l'inconnu arrive. La sonnette résonne et j'ouvre. Comme convenu, aucune parole ne sera prononcée entre nous. Il regarde avec émotion ce corps mis en valeur. Fin connaisseur, il apprécie ce qui est pour lui aussi un merveilleux cadeau.

Le fin soutien-gorge blanc donne à la poitrine ferme sa pleine beauté. La dentelle blanche qui recouvre l'étroite langue de poils du pubis accentue encore plus la féminité, les courbes aux formes parfaites de la taille, des cuisses et même des longues jambes gainées jusqu'à mi-cuisse de bas également blancs.

« Bonsoir, jolie inconnue », dit l'inconnu en tenant le bras de Sophie et l'obligeant à se lever. Il prend alors ses lèvres et lui donne un baiser doux qui, bien vite, sera partagé. Le corps de Sophie se rapproche instinctivement de celui qui la tient et qui va la guider jusqu'à la chambre d'amis.

Avec délicatesse, il étend ma compagne sur le lit aux draps de satin noir, ce qui fait encore plus ressortir les formes de ce corps qui, déjà, je le sais, je le sens, est prêt à recevoir. L'inconnu le caresse tendrement et le couvre de légers baisers. Ses mains ôtent la dentelle et les bas, font sur la peau de multiples arabesques s'attardant dès que les muscles se raidissent. Ses lèvres se penchent sur le sexe mis à nu, sa langue cherchant à le fouiller, à le connaître avant de se l'approprier.

Il dégrafe le soutien-gorge libérant ainsi les mamelons qui ne demandent qu'à être pressés, titillés afin que les tétons déjà durs s'allongent au maximum et montrent leur arrogance, leur volonté à être léchés, mordillés. Vêtue désormais du seul bandeau noir, c'est pour nous un autre corps qui est maintenant devant nos yeux. La peau dorée au grain satiné appelle les caresses, les baisers, le sexe de l'homme.

L'inconnu se déshabille rapidement, sa verge libérée est réellement très grosse. Il humecte son gland rouge et le dirige vers le sexe qui attend et qui sera surpris par la différence de taille, mais qui s'adaptera, l'avalera pour mieux en jouir. Il écarte les cuisses et se place entre elles. S'aidant d'une main, il frôle les grandes lèvres et s'appuie sur elles. Le sexe s'amuse à énerver le clitoris qui gonfle. Le ventre de Sophie bouge, se tend et se soulève afin de s'emparer de ce membre qui la rend de plus en plus réceptive. Elle aimerait le prendre en main afin de le placer en elle. Mais l'inconnu fait durer le plaisir.

Je m'absente afin d'aller chercher mon appareil photo et ma caméra pour garder ces instants en mémoire. En revenant, je fais signe à l'inconnu pour qu'il garde le silence. Ses coups de butoir arrachent de légers soupirs à ma compagne. J'enregistre le tout et vois dans le viseur ce vagin rouge sang qui reçoit avec satisfaction ce pénis au volume imposant. L'inconnu se retire et demande à la jeune femme de prendre la position de la brouette. Se plaçant derrière son derrière aux fesses rebondies, il lui plante d'un seul coup sa queue dans le vagin. Reprenant ses va-et-vient, il s'active également sur les seins qui sont en mouvement et suivent la cadence des coups de sexe inlassablement répétés. Je filme ces corps qui sont accouplés et qui se donnent avec beaucoup de beauté pour le spectateur que je suis. À un certain moment, l'inconnu dit:

« Veux-tu que je te prenne par-derrière ?

— Non. C'est réservé à mon chéri.

— D'accord. Il a bien de la chance celui-là », lance-t-il en me regardant avec un léger sourire.

Intérieurement, je suis heureux de la réponse de Sophie. Sans le vouloir, elle m'a montré combien elle m'aime.

Leurs mouvements s'accélèrent à un rythme rapide. Ils sont désormais dans leur monde, leurs respirations s'accélèrent, Sophie râle de plaisir. L'inconnu, quant à lui, enserre la taille de Sophie de ses mains afin de mieux la prendre, d'aller au plus profond d'elle. Il éjacule hors de cette chatte qui s'offre encore laissant apparaître un liquide qui s'écoule. Le sperme a jailli en saccades se répandant sur le postérieur de Sophie.

Je fais signe à l'inconnu afin qu'il regagne la salle de bain. Ayant prévu cela, je prends un gant et lave les parties intimes de celle que j'aime. L'inconnu passe, lève la main et me fait comprendre qu'il part. Répondant à son geste, je guide Sophie vers la salle de bain pour la doucher toujours prisonnière et aveugle.

Cette nuit-là, nous nous sommes rapidement endormis sans qu'aucune parole ne soit prononcée. Seul un baiser a scellé la certitude en soi de notre amour.

Le lendemain, longtemps après avoir pris la route, je dis :

« Que penses-tu d'hier soir ?

— Hummmm…

— C'était si bon que ça ?

— C'est un merveilleux cadeau que tu m'as fait.

— Je ne pense pas. Retire ton string, s'il te plaît.

— Pourquoi ?

— Je désire voir ton sexe, le caresser. Mets tes pieds sur le tableau de bord. »

Ce jour-là, si vous étiez en camion et que vous avez vu le sexe d'une jeune femme dans une petite voiture grise, sachez que c'était nous.

La peinture

Sophie avance à petits pas le long des façades dépouillées de tout ornement du boulevard. Ses yeux scrutent les numéros et, de temps à autre, pour s'assurer qu'elle ne se trompe pas, elle regarde le petit bout de papier qu'elle tient au creux de sa main.

Arrivée à l'adresse indiquée, elle vérifie une fois encore le numéro puis le nom (Studio D) que Guy, son conjoint, lui a remis avant de partir.

Enfin, après avoir avalé une grande bouffée d'air, elle se décide à sonner. Immédiatement, l'ouverture de la porte émet un bruit strident qui la fait sursauter. Sophie pousse avec difficulté la lourde porte et déjà ses pas résonnent sous la haute voûte d'entrée, et le claquement sec de la porte qui se referme la fait se retourner.

Marchant presque sur la pointe des pieds pour amortir le bruit de ses semelles et éviter que ses talons aiguilles claquent sur le pavé, elle traverse le hall d'entrée. Puis, elle arrive face à une porte d'un ancien entrepôt avec un écriteau portant la mention : Studio D.

Sophie hésite encore un instant, prête à faire demi-tour, quand un quinquagénaire bedonnant apparaît sur le seuil.

« Bonjour, vous êtes bien Sophie ?

— Euh... oui, balbutie-t-elle. Mon conjoint a pris rendez-vous, je crois.

— C'est exact. Entrez. »

Elle passe devant l'homme. D'un coup d'œil, elle l'examine : la cinquantaine bien tassée, le ventre proéminent, la dégaine d'artiste avec ses moustaches en crocs, sa figure à peine rasée, ses cheveux gris entremêlés qui flottent sur les épaules. Ses mains, tachées de couleurs, semblent disproportionnées. Sophie se hâte d'intégrer l'atelier et baisse la tête en passant devant le propriétaire des lieux.

Elle pénètre dans un véritable bric-à-brac, mi-atelier d'artiste, mi-bureau bibliothèque. Elle cherche des yeux des tableaux, des esquisses qui pourraient la rassurer sur le côté artistique de l'homme. Mais rien, puis soudain, elle n'a plus qu'une seule envie : fuir.

Pourtant, elle n'est pas là contre son gré. Non ! Elle est là pour faire plaisir à Guy.

Son cher et tendre conjoint a souvent des idées bizarres et originales. Ainsi, pour son anniversaire, il y a de cela plus de deux mois déjà, n'a-t-elle pas eu la surprise de découvrir un portrait d'elle !

Il avait sorti de sa poche une boîte de velours bleu nuit et la lui avait tendue, au cours d'un tête-à-tête amoureux dans un grand restaurant des environs. Elle s'était réjouie en imaginant tenir au creux de sa main un bracelet ou un collier, des cadeaux habituellement offerts par son conjoint lors des conventionnelles séances d'anniversaire. Aussi, avait-elle été particulièrement surprise de découvrir, à la place d'un bijou, pliée en deux sur son lit de soie bleue, une carte où étaient inscrits les mots « Chèque cadeau pour un portrait de toi fait par le Studio D. »

Interloquée et sous l'effet de la surprise, elle n'avait pas bien compris ni réalisé à quoi ce cadeau l'engageait. Bien sûr, Guy lui avait expliqué qu'il lui suffisait de prendre rendez-vous et d'aller poser. Mais c'était tout.

Alors, Sophie avait été un peu déçue et frustrée. D'abord, parce qu'elle ne s'attendait pas à ce genre de cadeau. Ensuite, parce qu'elle se souvenait avoir déjà vu des portraits de cet artiste qui ne lui avaient pas spécialement plu. Mais Guy, lui, les avait beaucoup aimés.

Alors, elle avait presque mis deux mois avant de se décider, repoussant systématiquement au lendemain cette prise de rendez-vous. Jusqu'à ce que Guy prenne les choses en main et fixe lui-même la date avec le Studio D.

Voilà comment et pourquoi elle se retrouve là, devant l'artiste, le maître. Elle mordille sa lèvre inférieure, les mains serrées sur son imper, les genoux fermement joints. Elle s'est assise sur le bord d'une chaise branlante, écoutant les souhaits de l'homme aux pinceaux.

« Cette commande, car je vous rappelle que c'est bien une commande de votre mari, doit vous montrer à votre avantage... »

L'homme a un petit sourire qui montre une dentition défaillante et jaunie de nicotine. Son regard ne cesse de détailler sa cliente et futur modèle. Intérieurement, il se régale d'avance à la vue de ce corps qu'il va pouvoir, durant de longues heures, se régaler sous tous les angles, faire plier selon sa volonté artistique, mais surtout pour son propre plaisir.

« Encore une victime coquette qui, pour quelques minutes, va hésiter à savoir si elle va m'obéir pour finir, de toute façon, nue et docile », pense le peintre en détaillant son futur modèle.

Celle-là lui semble encore un peu plus rétive que les autres et le complaisant mari lui a expliqué qu'elle était timide et réservée, mais qu'elle saurait être docile dès que le travail démarrerait. Alors, il a hâte de commencer les premières séances.

« Pour travailler plus vite et, surtout, comprendre votre personnalité, j'ai besoin de vous voir déshabillée, marcher et prendre des poses...

— Que voulez-vous dire ? » l'interrompt Sophie d'une voix étranglée.

Elle se sent apeurée par l'angoissante idée de devoir se déshabiller ici, devant cet inconnu au regard malicieux.

« Ma chère Sophie, vous permettez que je vous appelle ainsi ? Donc, ma très chère Sophie, si je veux réaliser un chef-d'œuvre à partir de votre corps, j'ai besoin de vous voir nue...

— Nue ?

— Mais oui, nue...

— Mais Guy, mon conjoint, ne m'a pas dit que c'était un portrait... nu. Il veut un simple portrait... pour mettre dans le salon. Je ne me vois guère accueillir mes relations, mes amies et encore moins ma belle-famille dans mon salon, avec un portrait de moi, nue, accroché au-dessus de la cheminée !

— Alors, vous le mettrez ailleurs, dans votre chambre par exemple. En attendant, soyez gentille, veuillez vous dévêtir que je puisse commencer à réfléchir. »

Un vaste frisson secoue Sophie qui sent qu'elle pâlit et maîtrise mal un léger tremblement de sa lèvre, signe d'une colère rentrée et soudaine envers Guy et le gribouilleur de toile.

Avec hésitation, elle finit par se lever et cherche un lieu pour s'isoler. Elle veut être moins en vue que dans cet atelier.

« Heu... je dois me déshabiller ici ? demande-t-elle d'une voix ténue.

— Non, nous allons passer dans le studio, la pièce d'à côté, il y fera plus chaud et vous serez plus tranquille. »

En poussant un long soupir, Sophie se lève et lui emboîte le pas. Elle se retrouve quelques mètres plus loin, dans une pièce presque identique, avec des lumières artificielles. Au milieu trône un gros cube couvert de tissu blanc et bleu. Dans un coin, un chevalet et une grande toile vierge. À côté, une sorte de table roulante surchargée de pinceaux, de tubes de couleur, de palettes et de crayons...

Sophie fait un pas en arrière, mais c'est sans compter sur son hôte qui la presse gentiment du coude et la pousse en avant.

« Tenez, vous pouvez déposer vos affaires ici ! » indique-t-il en pointant une vieille chaise.

Sophie se raidit au contact de la main du peintre et lui jette un œil louche. D'un geste brusque de l'épaule, elle dégage son bras et avec une petite moue dédaigneuse, se dirige vers le coin de l'atelier.

Avec précaution, après un dernier coup d'œil vers le maître, elle défait son imperméable, pose son sac au pied de la chaise et le manteau de pluie à cheval sur le dos de celle-ci. Après un dernier coup d'œil vers l'artiste affairé à trier ses crayons, elle lui tourne ostensiblement le dos et commence à se déshabiller.

Le peintre, tout en faisant mine de chercher à rassembler son matériel, ne perd pas une miette de l'effeuillage.

En la regardant ôter sa blouse, il découvre des épaules d'une beauté rare. Le dos est droit, marqué de la bride d'un soutien-gorge blanc, très classique. Avec des gestes d'une lenteur exaspérante pour le voyeur qu'il est, elle plie consciencieusement ses vêtements avant de les disposer sur la chaise qu'elle époussette plusieurs fois.

De là où il est, le peintre ne peut pas voir sa poitrine. Mais il sait que tôt ou tard elle devra se retourner. Alors, il prend patience, continuant à remuer ses pots de crayons pour faire croire qu'il ne s'occupe pas de son modèle et continue à l'épier.

Sophie, avec quelques contorsions, s'extrait de sa jupe. Elle sent sur elle le regard du peintre sur ses fesses. Elle ne le regarde pas, se refuse à se retourner pour l'instant.

Elle arrangerait bien son brésilien, à moitié rentré dans la raie de ses fesses, mais elle a peur que son geste ne soit interprété comme une provocation. Alors, elle joue la naturelle, la blasée tout en se crispant encore plus.

Le peintre note le mignon rebondi de ses fesses, les cuisses élancées, zébrées d'un porte-jarretelles blanc.

Enfin, Sophie se retourne, croisant les mains sur sa poitrine et baissant les yeux.

« Êtes-vous enfin prête ? interroge-t-il du fond de son atelier. Mais je vous ai demandé de vous mettre nue ! Pas en slip et en soutien-gorge ! »

Sophie pousse un grand soupir. Elle finit par obtempérer, après une nouvelle hésitation. D'une main, elle défait son soutien-gorge et tente de cacher ses seins avec son avant-bras. Mais elle sait que ce geste reste dérisoire, car il va falloir qu'elle utilise ses deux mains pour ôter sa culotte. Prenant une grande respiration, à contre-cœur, elle lâche ses seins.

Le vieux peintre ne peut se retenir d'un long sifflement admiratif qui fait lever les yeux légèrement embués de larmes à Sophie. Elle l'apostrophe d'un ton belliqueux :

« Qu'est-ce qu'il y a ?

— Rien... J'admire votre poitrine. En esthète, en peintre ! Seulement en peintre...

— Hum... »

Sans réellement croire ces paroles, elle continue malgré tout à se dévêtir et, du bout de ses doigts, elle fait rouler nerveusement l'élastique de son brésilien. En l'enlevant, elle s'est machinalement retournée, offrant au regard voyeur du peintre le spectacle de la raie de ses fesses, profonde et sombre.

« Je dois encore enlever mes bas ? demande-t-elle.

— Non, surtout pas ! Vous êtes parfaite ainsi... Tournez-vous donc ! »

Pétrifiée, Sophie, une main sur la pointe des seins, l'autre devant son pubis, lui fait face.

Intérieurement, elle maudit Guy et ses idées bizarres. Elle est certaine qu'il n'imaginait pas qu'elle serait obligée d'effectuer un strip-tease devant ce vieillard libidineux qui ne cesse de la manger des yeux. Elle a l'impression que les yeux vont lui sortir de la tête.

Maintenant que son modèle est nu, le peintre prend son temps.

Elle lui présente un visage fermé, parfaitement ovale, le menton légèrement pointu, deux grands yeux verts, un nez fin, une bouche bien dessinée mais boudeuse, ce qui renforce la symétrie du visage. Des cheveux ondulés, mi-longs, bruns aux reflets châtains accrochent merveilleusement la lumière des spots.

Le peintre aime cet instant où il découvre la nudité des femmes qui s'offrent à lui. Bien sûr, il les trouve fragiles, étonnamment vulnérables et émouvantes. Il aime ce moment délicieux où elles se dépouillent de leurs vêtements pour apparaître dans leur chair, avec leurs défauts et leur beauté. Il adore regarder une belle paire de fesses, des grandes jambes et, surtout, des hanches qui aiment se faire prendre. Il aime contempler les poitrines de toutes sortes. Enfin, ce qu'il préfère par-dessus tout, c'est la soumission dont font preuve ses modèles, qui s'offrent à lui comme jamais elles n'oseraient se donner en spectacle à d'autres hommes.

Mais il sait aussi que cet instant est très important.

C'est celui qui ouvre cette relation de confiance ou en ferme à tout jamais la porte rendant impossible l'exécution de son travail. Voilà pourquoi il se radoucit. Il prend sa voix la plus chaude pour instaurer la confiance avec son modèle. Il doit créer cette intimité dont il a besoin pour exercer son art, trouver l'idée d'une pose qui sera avantageuse pour elle, en la rendant encore plus sublime, tout en lui permettant de se rincer abondamment l'œil et satisfaire ses penchants de voyeur.

Il s'approche doucement, un bloc de feuilles à dessin dans une main, et lui propose de venir le rejoindre au centre de l'atelier.

En le voyant s'approcher, Sophie fait un pas en arrière. Mais la main qui se tend ne lui semble pas aussi sauvage ou agressive qu'elle l'imaginait il y a peu de temps.

Doucement, en fixant le peintre dans les yeux, elle s'approche de lui et se laisse enfin guider.

Il lui demande de réaliser quelques mouvements, de tourner sur elle-même, de tenir ses cheveux remontés, de s'asseoir sur le cube, de croiser et de décroiser les jambes.

Sophie s'exécute, plus ou moins de bonne grâce, avec plus ou moins d'enthousiasme. Elle calme au fur et à mesure ses angoisses et reprend une respiration normale. Elle finit par accepter les demandes. Elle se plie à toutes ses exigences, à ses ordres avec une docilité qui l'effraie. Lui continue à se régaler du spectacle que lui offre Sophie.

Il admire la blancheur laiteuse de ses seins avec ses mamelons bruns et aux tétons cylindriques. Il apprécie le contraste de sa peau blanche, presque vaporeuse. Il adore la rondeur du ventre plat et de son petit buisson brun qui cache mal son intimité. Il aime ses cuisses et ses fesses. Il salive à la contemplation du galbe de son mollet. Il loue la finesse de ses mains, de ses chevilles et de ses pieds.

« J'ai froid ! se plaint Sophie.

— Encore quelques minutes et vous pourrez remettre au moins votre blouse », bougonne-t-il.

Elle doit encore tourner, mettre les bras en l'air pour rehausser ses seins, tenir ses cheveux, montrer son cou, sa nuque. La chair de poule la surprend, un long frisson parcourt tout son corps. Mais elle ne dit rien et continue à bouger selon les ordres qui lui sont presque murmurés.

Elle s'assoit, se lève, se tourne, se penche et sent même ballotter sous elle ses seins. À la demande de l'artiste, elle les empoigne par en dessous, dispose sa main comme il lui demande. Elle doit diriger ses doigts vers le bout de ses tétons et elle se voit même obligée d'aller les agacer. Elle les roule entre le bout de ses doigts pour les faire encore plus saillir, pointer et durcir. Peu habituée à se toucher les seins, Sophie rougit. Mais la caresse l'excite et lui lance de longues ondes électriques qui atteignent son ventre et aboutissent à son clitoris qui lui répond avec de légers spasmes de plaisir.

Elle se laisse encore et toujours guider, toujours docile et obéissante. Elle pose sa jambe sur le cube, se penche légèrement en avant et courbe le dos comme il lui demande.

D'un œil, elle tente de suivre du mieux qu'elle le peut le peintre qui la contourne, l'observe, la scrute.

Ainsi, dans cette position, peut-il découvrir plus largement son intimité. Et il s'en délecte. De temps à autre, il s'interrompt, tend un bras, ferme un œil et semble prendre des mesures. À d'autres moments, en quelques coups de crayon, il couche quelques grands traits sur une feuille.

Chaque fois qu'il s'approche d'elle, le cœur de Sophie se remet à battre follement. Dès qu'il s'éloigne, elle calme sa respiration. Pourtant, rien ne se passe. Rien de ce qu'elle imagine en tout cas.

Exposée ainsi à la vue du peintre, tout en étant folle furieuse contre son conjoint, Sophie est prise de frissons, mais il ne s'agit plus du froid. Au contraire. Depuis qu'il lui fait prendre différentes poses, qu'il lui tourne autour, son bloc de feuilles à la main, qu'il lui a fait empoigner ses seins pour faire saillir ses tétons, Sophie se sent défaillir. Elle a beau se raisonner, le regard de cet homme commence réellement à l'exciter.

Elle sursaute quand elle sent brusquement, sur la peau de son dos, la chaleur et le rugosité de la main du peintre.

« Oh ! s'exclame-t-elle, surprise.

— Il faut que je sente le grain de votre peau… » dit-il en guise d'excuse.

Sophie contracte ses muscles. En même temps, une série de picotements apparaissent dans son ventre qui ne lui sont pas désagréables. Sous la caresse des doigts du peintre, sa peau réagit plus vite qu'elle le souhaiterait. Les doigts contournent son torse et s'approchent de ses seins.

« Ne bougez pas ! » lui intime-t-il.

Sous ses doigts, il éprouve la finesse de l'enveloppe des seins. Elle est fine, à peine grenée. Il pousse l'audace jusqu'à toucher au mamelon. Il en palpe les plis qui se serrent à son approche et durcissent. Il en taquine le téton, qui, réagissant vivement, durcit, pointe et se redresse. Sous la caresse, Sophie émet un petit gémissement.

Dans sa position, une jambe sur le cube, l'autre à terre et tendue, les seins ballottant sous elle, empaumée par cette main rude et pourtant excitante, elle sent contre ses fesses la présence de l'homme qui se tient debout derrière elle.

Puis, la main du peintre abandonne son sein et se plaque sur la cuisse.

« Eh ! sursaute-t-elle.

— On ne bouge toujours pas ! » grogne l'artiste.

La main passe sur le haut de son bas, puis délicatement sur sa cuisse nue. Un doigt suit le contour du pli de la fesse et se dirige vers la raie, ouverte et abandonnée à la vue et au toucher du peintre. Le doigt la remonte vite puis, avec lenteur, redescend avec indiscrétion et indécence. Sophie n'ose plus bouger. Elle sent le bout de l'index, large et rugueux, suivre le fond de sa raie, affleurer les premiers poils, approcher de son petit trou. Instinctivement, elle se contracte, serre son anus au passage du doigt inquisiteur qui survole cette intimité. À l'effleurement du doigt, elle mord sa lèvre et s'évite d'éclater en sanglots ou d'émettre un léger gémissement. Car Sophie ne sait plus ce qu'elle doit faire : pleurer ou gémir de plaisir.

Offerte ainsi à la discrétion de l'artiste, elle se laisse conduire, tout retenant son souffle, et tente de contrôler le désir qui ne cesse de monter en elle.

Maintenant le doigt explorateur frôle la partie bombée de son sexe. Il en écarte les poils, sillonne légèrement son entrée. Intérieurement, elle se maudit. Elle n'a pas été capable de retenir son désir et elle se sent toute humide d'envie. Soudain, elle aimerait qu'il en force l'entrée, qu'il y vrille son doigt. Elle n'ose pas lui dire. Elle n'ose même pas bouger. Elle attend, impatiente, que le doigt fouineur et indiscret aille la masturber.

Mais le doigt continue à glisser le long de sa fente, remonte vers son clitoris qui pointe son petit bout. Là, la main stoppe sa caresse. Sophie tente de calmer sa respiration. La chaleur du doigt de l'artiste excite son clitoris. Quand elle a senti la main continuer son intrusion intimiste, elle a frissonné de volupté et de peur. Quand le doigt a délaissé l'entrée de sa chatte, elle a soupiré d'aise et de déception. Maintenant que le doigt survole son bouton d'amour, elle voudrait qu'il s'y attarde, qu'il aille le caresser, qu'il le masse, l'écrase et déclenche une vraie vague de bonheur. En même temps, elle en redoute le contact, appréhende les effets.

L'artiste est aux anges. Il sait que Sophie est une salope comme toutes les autres. Il sait qu'il l'aura quand il voudra. Un soir, avant ou après la pose et peut-être même avant et après... Aujourd'hui, comme à son habitude, il a seulement testé sa sensibilité. Il sait qu'elle mouille comme une cochonne en rut. Satisfait, il retire brutalement sa main.

« Remettez donc votre chemisier... »

D'un air bourru, il lui dit alors de se découvrir les épaules, de croiser les bras sous sa poitrine, d'en masquer la pointe des seins avec le chemisier, de se tenir assise, le dos droit et de regarder légèrement sur le côté.

Les jambes tremblantes de son désir inachevé et inassouvi, Sophie enfile son chemisier et obéit aux commandements. Elle s'installe et prend la pose, fort inconfortable pour son dos, tandis qu'il sort un polaroïd pour fixer définitivement l'attitude dans laquelle il a décidé de l'immortaliser.

À peine les clichés révélés, il se tourne vers elle en lui intimant l'ordre de s'habiller.

« Il faudra repasser dans deux semaines... »

Sophie note le rendez-vous et quitte le studio.

L'artiste ne daigne même pas l'accompagner et c'est dans un terrible effort qu'elle tire la lourde porte de l'immeuble.

Sur le chemin du retour, Sophie, toujours en colère contre Guy, tente de calmer les désirs de son corps qui en voulait plus. À peine franchit-elle le seuil que Guy l'apostrophe :

« C'est toi, chérie ?

— Grrr ! Qui veux-tu que ce soit ?

— Alors ? Le peintre ? Cette première séance de pose ? »

Sophie est en train d'accrocher son manteau et se retourne calmement, en prenant soin de calmer sa colère. Dans le salon, assis sur la causeuse, Guy la contemple, une lueur dans les yeux, un petit sourire au coin des lèvres, les deux pieds allongés sur la table basse.

« Bien, c'était bien... préfère-t-elle répondre.

— Mais raconte. »

Le souffle soudain plus court, le rouge aux joues, Sophie, en accéléré, revoit la scène chez le peintre. Elle a même l'impression que les mains du vieux bonhomme sont encore sur son corps, affleurant ses seins, ses fesses, son sexe et son clitoris. À cette très rapide évocation, son entrejambe se mouille, ses seins durcissent et son clitoris vient battre contre le mince tissu de son slip.

À pas glissés, elle s'approche de son conjoint qui lui fait signe de la main de venir s'installer à côté de lui, sur la causeuse. Pour éviter de froisser sa jupe un peu ample, dans un geste très féminin, elle la soulève, s'installe sur la causeuse, grimace au froid contact du cuir sur ses cuisses nues et vient se blottir dans les bras de Guy.

« Alors, dis-moi… Qu'est-ce que vous avez fait? Comment cela s'est-il passé?

— Je t'ai dit, bien…

— Non, je veux les détails, tous les détails… »

Devant l'insistance de son conjoint, Sophie prend une grande respiration avant de raconter le plus exactement possible son rendez-vous. Elle lui dit tout… enfin, presque tout. Elle évite de lui parler des spasmes de plaisir qu'elle a eus lorsqu'elle a senti la main du peintre venir lui caresser la chatte ou lui titiller les seins. Mais elle n'omet aucun des autres détails, y compris le rugueux de ses doigts qui ont effleuré la peau de son corps, le galbe de ses seins et le bout de ses tétons.

Guy l'écoute avec attention et délice. Le récit l'excite. Tout l'après-midi, il a imaginé cette scène et là, en écoutant Sophie lui en faire le récit, il sent son sexe se durcir.

Le vieil artiste est réputé pour la maîtrise de son art du portrait, mais il est surtout connu pour profiter sans honte du corps de ses modèles. D'ailleurs, lorsque Guy était allé le voir, l'homme ne s'en était pas caché. Il l'avait mis en garde, lui expliquant que cela faisait partie de son travail d'exciter ses modèles, pour connaître ce qu'elles avaient dans les seins et le ventre… et pour mieux rendre son grain de peau. Et Guy avait acquiescé, trouvant même là une source d'inspiration à ses fantasmes.

Bien sûr, Guy avait un peu froncé les sourcils, mais son esprit un peu tordu l'avait quand même poussé à envoyer Sophie vers son atelier. Il savait donc comment cela devait se passer et il n'était pas jaloux, au contraire, cela l'excitait encore plus.

Avant que Sophie termine son récit, il s'empare de sa main et la porte sur son pénis pour lui faire sentir combien ses paroles lui ont fait de l'effet. Sophie le regarde en fermant à moitié les paupières.

« C'est ta façon de me raconter ton histoire... Si tu voulais bien me soulager...

— Tu es incroyable... Tu t'imagines que je vais te soulager, là, comme ça ? Alors que j'ai presque failli me faire violer par un vieux cochon...

— Mais bien sûr... D'ailleurs, si j'ai bien compris, toi-même dois être excitée comme une cochonne ! »

Sophie ne relève pas le propos. Oui, elle est sacrément excitée... sa culotte en fait largement les frais et elle n'a qu'une hâte : sentir les mains de Guy la caresser, la soulager et sa queue la pénétrer.

Pour l'instant, elle ne se contente que de frotter une main sur la bosse de l'entrejambe de Guy. Celui-ci met sa main sous sa jupe et atteint son sexe.

« Quand je disais que tu étais excitée, je pensais seulement que tu étais humide... Pas trempée ! » dit-il en fouillant son intimité à travers la soie de son brésilien.

Tout de suite, Sophie écarte largement les jambes et se contorsionne en émettant un long sifflement de plaisir. Oui, elle a très envie d'une main qui la caresse. Elle souhaite qu'elle soit brusque, qu'elle s'enfonce en elle, qu'elle investisse son puits d'amour. Elle a aussi envie de la bouche de Guy sur le bout de ses seins qui deviennent de plus en plus lourds et dardent leurs tétons à travers son chemisier.

Puis, elle a surtout très envie de faire l'amour. La séance de cet après-midi lui a ouvert l'appétit. Guy comprend vite son degré d'excitation : elle a déjà pris en partie son pied cet après-midi et, à son tour, il a envie de quelques gâteries.

En quelques gestes précipités, il déshabille sa tendre moitié, sans tenir compte de ses protestations. Il la sait traditionnelle. Elle accepte difficilement les travers de ses petits jeux érotiques qu'il cherche souvent à lui imposer. C'est pour cela qu'il veut la faire peindre nue par un artiste à la réputation sulfureuse, en espérant qu'elle sera un peu plus éveillée au sexe à la sortie. Pour l'instant, ça fonctionne !

Tout en finissant de retirer le brésilien incrusté dans les fesses de Sophie et trempé de son plaisir, Guy continue à l'interroger sur sa séance de pose. Il veut tout savoir.

Mais Sophie préfère se concentrer sur son plaisir, sa jouissance et se refuse à avouer à son mari que les mains du peintre sont venues largement palper sa chatte, ses seins, ses fesses. Elle aurait trop honte. Elle est même prête, pour couper court à toutes les questions indiscrètes de Guy, à lui accorder des faveurs que, jusqu'alors, elle n'apprécie guère, comme lui faire l'amour entre ses seins.

Chaque fois qu'elle lui a accordé ce genre de gâterie, c'était parce qu'elle avait quelque chose à se faire pardonner, comme ce soir. Mais ça, Guy l'ignore ou feint de l'ignorer, Sophie en est persuadée.

Guy finit par se déshabiller à son tour. Debout devant elle, il pointe fièrement son sexe raide de désir, à hauteur de sa bouche.

D'une main ferme, il lui attrape la tête et tente d'approcher ses lèvres au bout de son sexe. Guy a terriblement envie qu'elle le suce. Une caresse rare dont il aime la douceur.

Guy aime sentir son sexe pris dans l'étau des lèvres de Sophie, se faire humidifier par sa salive. Il aime aller buter au début de sa gorge et sentir sur le bout de son gland ce petit soubresaut qui indique qu'elle est en train de s'étouffer. Mais rares sont les fois où elle lui accorde cette faveur. Pourtant, ce soir, en levant des yeux pleins de douceur, elle ouvre la bouche et avale son engin.

Alors qu'il sent son désir s'accroître et monter, Sophie s'interrompt, le pousse vers la causeuse. Elle se glisse entre ses cuisses poilues, approche sa bouche de son sexe et recommence, du bout de la langue, à l'exciter, le léchant de haut en bas et de bas en haut.

Sophie empoigne le sexe bien humide de Guy et le cale entre ses seins. D'une main assurée, elle serre ses deux globes blancs, aux pointes brunes, autour du pénis luisant de bave. D'un mouvement lent du buste, elle entame une série de va-et-vient qui ont raison de Guy. Surpris par la caresse, il se laisse aller à jouir sur la poitrine de sa douce moitié, inondant largement la peau laiteuse et douce. Avant que le désir redescende, Sophie, par quelques petits coups de langue, s'assure de conserver la raideur du sexe de Guy et tandis qu'il a les yeux fermés sur son plaisir, elle se redresse et l'enjambe.

Les deux pieds calés sur l'épaisse moquette, les jambes largement écartées, elle cueille des doigts le bout du gland et elle s'y loge.

Surpris par la manœuvre, Guy ouvre de grands yeux. Sa queue se trouve déjà dans le four chaud et trempé de sa conjointe qui remue des fesses, oscille du bassin et le masse avec son ventre, avant d'entamer une série de montées et de descentes infernales qui les mènent à la jouissance.

Jamais elle n'avait eu un tel culot. Jamais Guy n'avait imaginé que Sophie pourrait venir ainsi le chevaucher, même dans ses rêves les plus fous. Bien qu'épuisé, il est heureux.

Heureux du choix qu'il a fait, malgré ce qui lui en coûte d'envoyer sa femme poser nue chez un artiste aux manières douteuses ... Non, il ne regrette rien et sait même qu'il a raison !

***

Plus de trois mois après cette soirée inoubliable pour Sophie et Guy, le couple déballe enfin le portrait que Sophie vient de rapporter du Studio D, à peine sec de sa couche de vernis.

À quoi pense Sophie, debout devant son portrait, à côté de son époux ? Pense-t-elle aux attouchements du peintre, à ses doigts qui, à plusieurs reprises, ont pétri ses chairs, exploré son corps et fouillé son intimité ? Plus d'une fois, avant les séances de pose, le peintre lui a mis le cœur à l'envers en rendant un hommage enflammé à son intimité. Sent-elle encore en elle l'empreinte du sexe dur avec lequel il l'a besognée, en lui arrachant cris et suppliques et la laissant bouleversée et épuisée ? Se reconnaît-elle vraiment dans cette femme si sagement assise, droite, au regard un peu perdu ? Est-elle la bourgeoise timide que connaissent les gens de son entourage ou cette amante animée qui a découvert, quelques instants avant, le plaisir de caresser le dard dur d'un vieux peintre salaud et s'imagine déjà dans les bras de son mari en train de lui raconter la dernière séance pendant qu'il jouit sur sa poitrine ou qu'elle le suce ? Car après chaque séance au Studio D, Guy en a exigé un récit complet et détaillé. Et le couple, excité par ce récit, terminait sa soirée dans une chevauchée érotique qui les laissait stupéfaits et comblés.

Et si, quelquefois, elle rentrait sans avoir satisfait son appétit sexuel avec son nouveau mentor, elle ressentait des besoins charnels et soudains qui l'avaient d'abord effrayée avant de s'en accommoder et d'y prendre goût. Alors, dans ces moments-là, elle était une chatte en chaleur et Guy se devait de contenter cette nouvelle Sophie, à son grand ravissement.

Un de ces soirs

Un de ces soirs, Sophie se fait encore plus belle que d'habitude. Avant de s'habiller, elle s'enduit le corps d'une crème qui a pour effet de la rendre plus séduisante encore. Je la préfère en jupe, et elle le sait. Par contre, pour les dessous, c'est le string ou rien du tout. C'est elle qui choisit. Pour couronner le tout, j'adore les chaussures à talons hauts, Sophie les porte donc, ce qui lui donne une démarche superbe et l'air encore plus femme fatale.

Je l'emmène à un restaurant que j'ai soigneusement choisi pour être tranquilles, et là, nous passons le dîner les yeux dans les yeux à nous parler de notre vie, de nos affaires, de nos envies. Le vin aidant, je commence à deviner la lueur pétillante dans ses yeux clairs, et je sais qu'à partir de là, elle m'appartient totalement. C'est ce moment que je choisis pour lui demander de passer aux toilettes et de me rapporter dans sa main sa petite culotte. Bien sûr, elle fait semblant de refuser pour la forme, mais je sais qu'elle a déjà commencé à mouiller et qu'elle attend la suite avec impatience.

De retour à table, je lui défends bien entendu de fermer les cuisses ou de croiser les jambes, mais la situation devient vite intenable. Nous oublions le dessert, le café. Il faut que nous nous touchions, que nous nous sentions, que nous nous pénétrions, que nous prenions du plaisir, que nous jouissions.

Nous rentrons chez nous, et la demi-heure de voiture se passe sans un mot: elle, les pieds sur le tableau de bord, les jambes écartées et la jupe retroussée sur son ventre, offerte, à la limite de l'exhibitionnisme, et moi, perdu dans mes pensées les plus folles, imaginant toutes sortes de scénarios en attendant le moment où je vais la prendre.

Je vérifie son degré d'excitation en passant un doigt inquisiteur sur son sexe, humide à souhait. Quelques va-et-vient sur son clitoris gonflé par l'envie nous excitent davantage. Mais stop! il ne faut pas aller plus loin.

Arrivés chez nous, je la bouscule un peu, la force à se mettre à genoux dans le hall de notre immeuble aux lumières teintées et j'introduis mon sexe (déjà au garde-à-vous depuis longtemps) dans sa bouche. Évidemment, elle rechigne, de peur de se faire surprendre par quelqu'un, mais c'est ce qui rend la situation plus piquante, plus excitante. À genoux, jambes écartées, elle ferme les yeux et fait glisser mon membre dans sa bouche, avalant le maximum de ce qu'elle peut et commence son va-et-vient qui a pour effet de m'exciter encore plus.

Me tenant les fesses à deux mains, elle suce, pompe mon sexe de plus en plus fort, de plus en plus vite et s'arrête. Retrait complet, supplice! Puis, elle recommence à lécher mon gland, lèche les premières sécrétions, passe sa langue tout le long de mon sexe et, soudainement, reprend sa fellation.

Après un baiser des plus passionnés, mélangeant le goût de mon sexe à sa salive, c'est sur l'escalier que je décide de la prendre. Ma main passe sous sa jupe, son entrecuisse est chaud et son sexe coule. J'introduis à fond deux doigts, sans aucune autre forme de procès. Accrochée à mon cou, cambrée sur ses talons, le ventre en avant, elle s'offre, halète. Je sens son souffle court, son envie d'aller plus loin. Retournement de situation et de position, je la prends en levrette sur les marches de l'escalier. Elle m'offre sa croupe, cambre ses reins et, jupe relevée sur son dos, je la pénètre d'un seul coup. Elle râle de plaisir et de bonheur de se sentir enfin prise et remplie.

Commence alors la chevauchée fantastique. Je vois mon sexe entrer et sortir de cette croupe que je connais tellement bien, qui me fait envie et m'excite encore tellement. Puis, vient le moment où la jouissance arrive à son paroxysme, où tout est tellement bon, où toutes les sensations deviennent presque insupportables. Elle et moi jouissons de cet acte charnel si bon, si vivifiant pour notre amour et son équilibre. Je sens mon sperme se déverser à flots dans son sexe. Je voudrais que jamais cet instant ne finisse. Elle se relève et sent mon sperme couler le long de ses cuisses. Nous rentrons chez nous et nous nous endormons quelques instants plus tard, enlacés.

Balade en chaloupe

Nous venons tout juste de ranger la vaisselle du dîner. Il est à peine midi. J'accroche le linge à vaisselle à la porte sous l'évier et rejoint Guy dehors. Il est là, en short et le torse nu. On essaie de profiter pleinement des rayons de soleil entre deux petits nuages et de notre fin de semaine seuls au chalet. Je sirote mon bloody mary et Guy, sa bière légère. Le ciel devient de plus en plus bleu. Les nuages se dispersent. Après quelques minutes, Guy me demande si j'ai le goût d'une petite balade en bateau.

Quand nous avons acheté ce chalet, le vieux couple nous a laissé, sans frais additionnels, cette petite chaloupe en aluminium de 3,5 mètres. Cela suffisait à notre besoin et faisait notre grand bonheur. J'accepte aussitôt. On s'enduit de crème solaire, je prends mon livre, ma serviette (les bancs sont chauds !) et on se dirige vers le quai. Guy tient le bateau en équilibre le temps d'installer ma serviette et d'embarquer dans la chaloupe. Il la détache du quai et embarque à son tour en la faisant balancer de gauche à droite. Il s'installe sur son siège et recule avec soin pour ensuite nous retourner et entamer notre petite balade. Je me plonge dans mon livre savourant l'air chaud et humide ainsi que ce petit vent doux qui chatouille ma peau. Des fois, on arrête le bateau afin de se laisser pousser par l'eau pour ensuite redémarrer le moteur et continuer notre chemin. Trente minutes plus tard, Guy me demande si je veux bien retirer mon haut de bikini. Je lui souris, le regarde et lui demande s'il est fou. Il m'assure que non et qu'il n'y a pas de mal à bronzer la peau blanche de mes seins. J'ai un côté exhibitionniste, mais de là à m'afficher sur une rivière sillonnée par de nombreux bateaux me gêne énormément. Guy me supplie.

« Juste le haut. S'il te plaît, chérie, fais-moi plaisir. »

J'y pense. Je regarde au large de tous les côtés et rien ne semble être en vue. Je dépose mon livre sur le banc et regarde Guy en riant pendant que je tire la corde dans mon dos afin de retirer le haut. Je souris avec gêne et me fais plus petite dans le bateau en reprenant ma lecture. Bien entendu, mes yeux quittent mon livre fréquemment et explorent le large pour m'assurer que nous sommes toujours seuls. Le vent cesse et il fait chaud. Quelques petites gouttes de sueur font leur apparition sur mon front et mon nez. Guy me suggère de me lancer à l'eau. Je le regarde froidement et lui dis :

« Es-tu fou ? Moi, je ne me baigne pas dans cette eau sale, et en plus il y a des poissons ! C'est hors de question ! »

Il rit car il me connaît très bien et avait deviné ma réaction. Guy coupe le moteur et nous laisse bercer par les petites vagues. Il me demande si je peux retirer mon bas de bikini pour être complètement nue. Il dit :

« Regarde, il n'y a aucun problème ! »

Il se lève immédiatement, baisse d'un coup sec son short et se rassoit, nu, sur le banc. Je lui fais signe de la main comme quoi il est complètement dingue. Il pousse le short de son pied vers moi et dit:

« Chérie, enlève-le, enlève-le ! »

Je roule les yeux et dépose mon livre à nouveau à mes côtés et, sans me lever, je soulève mes fesses et enlève mon bas.

« Tiens ! Es-tu fier ?

— Non. »

Il ajoute :

« Caresse-toi, je veux te regarder. »

Rien ne va plus, je crois qu'il a un coup de soleil sur la tête. Je hoche de la tête tout en replongeant dans mon livre. De sa main, il abaisse celui-ci et fait des petits yeux doux. Le soleil qui plombe sur mon entrecuisse fait du bien. C'est agréable comme sensation. Il titille mes lèvres de son doigt et dit:

« Tu sais que j'aime te regarder, nous sommes seuls, tu adores ça toi aussi. Allez, chérie, caresse-toi. »

Il porte ma main à mon sexe et mes doigts sous les siens. Il a raison, j'aime bien me toucher et en plus, cela l'excite. Je veux jouer les dures, mais mon corps me trahit car mes pointes se dressent malgré la chaleur et mon sexe est moite. Je promène un doigt sur mes lèvres, de chaque côté comme si je les dessinais. Je le glisse ensuite sur mon clitoris qui surgit de sa cachette. Les yeux de Guy s'allument tandis que les miens se referment un peu. De mon autre main, je me caresse les seins. Je commence à prendre plaisir et oublie le bateau. Je m'abandonne complètement.

J'insère ensuite un autre doigt au plus profond de ma vulve trempée et me masturbe ainsi, les jambes bien ouvertes, afin d'offrir la meilleure vue possible à Guy. J'entrouvre les yeux et le voit qui me fixe, il me dévore du regard. Il est bandé comme un cheval. Je lui demande de se branler parce que ça m'excite aussi de le voir. Il s'exécute et l'on se regarde un et l'autre se masturber. Le bateau berce nos mouvements. Je cambre le dos et serre mon sein lorsque je sens un orgasme s'emparer de moi. C'est comme si mes doigts se faisaient aspirer à l'intérieur de mon vagin. Je gémis. J'ouvre les yeux, ressors mes doigts maintenant dégoulinants et mets ma main à l'eau afin de la rincer. Je regarde Guy qui, à son tour, va venir. Il se branle de plus en plus vite avec plus d'ardeur. Le voilà qui pousse un cri et son membre laisse sortir plusieurs jets de ce liquide blanchâtre. Il se crispe et ralentit son mouvement. Il lâche finalement prise. C'est excitant de regarder son homme jouir et de bien le voir. Il fait comme moi, rince sa main, m'embrasse en me remerciant du spectacle et repart le moteur de la chaloupe alors que je reprends mon livre. C'était succulent comme expérience. Comme si de rien n'était, on reprend le chemin pour retourner au chalet pour faire une sieste. Vive les belles journées chaudes!

Visite surprise

Nous étions au cinéma, mon conjoint et moi. Juste avant que la présentation débute, Guy s'offre d'aller chercher des choses à grignoter. Il me quitte quelques minutes et revient avec chacun une boisson gazeuse et un gros pop-corn à partager.

Tout au long de la représentation, Guy s'amuse à me frotter les cuisses, glisser des glaces de son verre dans mon entrejambe et même frotter le dessus de mon string afin de m'exciter. Il aime voir ma réaction, mais je ne lui en donne pas trop pour son argent.

Une fois le film terminé, on s'apprête à partir quand on rencontre son bon ami Jean qui se promène seul. On lui demande ce qu'il fait là, seul, et il nous dit avoir été délaissé par une jeune femme qui ne s'est jamais présentée à leur rendez-vous.

Guy le taquine de la situation, mais le prend en pitié et l'invite à venir passer quelques heures à la maison. Jean accepte tout de suite. De mon côté, je suis un peu déçue, moi qui avais plutôt hâte d'arriver à la maison… vous comprenez? Je ne laisse rien paraître de ma déception. Après tout, le pauvre Jean a bien besoin de se faire remonter le moral. Celui-ci offre de prendre le volant et de jouer le rôle du taxi. Guy s'assoit donc avec moi sur la banquette arrière. Cela fait drôle, mais j'aime bien. Il reprend tout de suite son petit jeu du cinéma. Cette fois-ci, il s'amuse à glisser son doigt sous l'élastique de mon string. Je mouille et je suis mal à l'aise. Il m'embrasse passionnément tandis qu'il continue de jouer sous mon sous-vêtement. Je suis maintenant complètement trempée et excitée. Je repousse sa main, n'en voulant plus. Je lui chuchote d'arrêter parce que Jean pourrait peut-être nous voir. En m'embrassant, il m'assure que son ami ne se doute de rien, qu'il ne voit pas ses mains agir.

Du même coup, il glisse sa main sous ma blouse, sachant très bien que je ne portais pas de soutien-gorge! Il pince mes bouts qui durcissent sur-le-champ à ce contact taquin. Il frotte mes seins en agaçant les bouts. Je gémis presque silencieusement. Il connaît tous mes points faibles.

Il me déboutonne et s'empare de mes seins avec sa bouche. Il tourne sa langue autour de mes bouts si durs, il les mordille tandis que sa main fouineuse continue de taquiner mon pubis quasi inondé. Du coin de l'œil, je remarque Jean qui déplace le rétroviseur afin de mieux voir le spectacle qui s'annonce. Je sursaute un peu, surprise, et Jean, d'un regard suppliant, porte son doigt doucement à sa bouche pour me demander de ne rien dire. De mon côté, je suis un peu gênée et hésitante mais le jeu de langue et de main de Guy me fait vite oublier cette gêne, de même que je sens mon excitation monter. Je me sens cochonne à l'idée que mon conjoint n'a pas remarqué ce « voyeur » et moi, oui.

Je détache son pantalon. Mon cœur bat à tout rompre, mon excitation augmente à la vitesse de l'éclair. Je regarde son pénis qui pointe fièrement et, à son plus grand bonheur, j'abaisse ma tête et je me mets à le sucer. Il avance ses fesses un peu plus vers le bord de la banquette et continue de jouer avec mes seins. Il remonte ma jupe et, de sa main, il empoigne mes fesses tout en glissant sa main entre mes cuisses. Il remarque fort bien que je suis détrempée. Il retire alors mon petit string noir qui se cachait sous ma jupe et me supplie de le chevaucher, me disant qu'il me désire, qu'il veut sentir ma chaleur intérieure et me faire l'amour tout de suite. Je m'exécute. Je remonte ma jupe un peu plus haut, je pose mes genoux sur la banquette, de chaque côté de Guy, et m'assois sur son membre bien dressé. Une certaine cadence s'installe. Je cambre légèrement mon dos, je garde mon équilibre en appuyant mes mains sur les épaules de mon cavalier. Il empoigne mes seins et les dévore avec passion. Je sens une chaleur intense s'emparer de mon corps. Je remonte mon dos et l'embrasse, juste comme une jouissance intense s'empare de mon corps entier. Je m'effondre sur lui en gémissant de plaisir. Il ne peut plus résister, il devient encore plus dur, encore un peu plus gros et je sens le jet de sperme dans ma vulve qui l'aspire. Il me serre si fort que je ne peux presque pas respirer. Il jouit, me mordille les épaules et pose ses mains sur mes hanches afin d'arrêter le va-et-vient. On s'embrasse de nouveau. Tranquillement, nous reprenons nos sens. Je me relève et enfile mon string en replaçant ma jupe et en boutonnant ma blouse.

Je remarque Jean qui replace le rétroviseur à sa position initiale. Il a un sourire fendu jusqu'aux oreilles. La gêne s'empare à nouveau de moi. Qu'ai-je fait? Que va-t-il penser de moi? Nous arrivons à la maison. Je me dirige à la salle de bain afin de me changer et de me nettoyer un peu. Les gars s'ouvrent une bière. Je ne veux surtout pas entendre ce qu'ils se disent. Je viens les rejoindre comme si de rien n'était. Les hommes rigolent. Guy me dit:

« Il semble que notre petite scène sur la banquette a fait de l'effet à notre copain, regarde-le. »

Je regarde Jean qui, sans pudeur, baisse son pantalon affichant une belle grosse queue bandée comme un cheval.

Je regarde Guy qui dit à Jean :

« Tu peux baiser ma femme si tu veux. »

Je n'en crois pas mes oreilles. Comment ose-t-il me mettre dans une telle situation sans m'en parler ? Oui, nous en avions déjà discuté dans le passé et Guy sait très bien que c'est un de mes fantasmes, mais sans avoir mon opinion ? Sans que je puisse réagir, les deux hommes s'approchent de moi. Guy, souriant, m'embrasse tandis que Jean, complètement nu et au garde-à-vous, se met à parcourir mon corps de ses mains. Guy me tire par la main afin de nous guider vers la chambre à coucher. Alors qu'un déboutonne ma blouse, l'autre retire ma jupe. Me voilà nue comme un ver devant ces deux hommes bandés.

Je me couche sur le dos, un homme de chaque côté, ils me touchent. Quatre mains parcourent mon corps sans en délaisser un seul millimètre. Jean enfonce deux doigts dans mon vagin en les glissant le long de mon clitoris. Je frémis. Quelle sensation ! Pendant ce temps, Guy mange mes seins. Je ne sais plus où donner de la tête. C'est si bon. Guy m'embrasse et me dit que Jean désire depuis longtemps me baiser. Il me demande de me tourner sur le ventre et d'élever mes fesses. Guy dit à Jean :

« Elle adore se faire baiser en levrette. Tu veux ? Baise-la. Elle t'attend. Je te l'offre. »

Jean enfonce son pénis d'un seul coup dans ma vulve mouillée. Je laisse échapper un petit cri de satisfaction. Il me prend en levrette et me baise de façon animale, les mains sur mes hanches, il tire et pousse mes hanches à son rythme. Il me tape les fesses régulièrement. Guy nous regarde. Plus je vois son excitation monter dans son regard, plus j'adore le traitement que l'on m'offre. Guy s'approche finalement et je lui offre une fellation. Je suis folle d'excitation.

Pouvoir manger Guy pendant que l'on me baise, quel rêve! Jean passe sa main autour de ma taille et titille mon clitoris gonflé. Guy se retire et dit à son ami qu'il veut me voir jouir avec un autre homme. Il me retourne sur le dos, ouvre grandes mes jambes et, guidé de sa main, il glisse sa queue en moi. Il pose mes jambes sur ses épaules et les replie lentement vers moi afin d'aller aussi profondément que possible. Guy nous observe; je me sens vilaine de baiser un autre homme alors que mon conjoint me regarde, et ça m'excite encore plus. Je me sens désirée et cochonne. Son rythme de va-et-vient agace mon point G au plus haut degré. Je n'en peux plus... Un violent orgasme s'empare de moi pour la deuxième fois ce soir. Un cri de satisfaction s'échappe de ma bouche, mon corps bouge dans tous les sens. Jean baisse mes jambes afin d'avoir un meilleur contrôle.

Une fois les spasmes arrêtés, les deux gars s'approchent de moi. Jean retire son pénis maintenant dégoulinant de mes liquides et demande de se faire sucer à son tour. Ma bouche enrobe cette queue dure et mouillée. Ma main s'occupe de ses testicules glissants de nos jus. Guy adore le spectacle. Ils me demandent de me coucher de nouveau sur le dos. Les deux s'approchent et se masturbent au-dessus de mon corps. Quelle vue! Presque simultanément, les gars éjaculent sur mon corps en sueur. Un sur mon ventre, l'autre sur mes seins. Je sens leur sperme chaud couler lentement sur mon corps, se mélanger. Jean y passe sa main pour bien l'étendre.

Je suis ravie et épuisée de cette expérience. On se rhabille et Jean part 15 minutes plus tard. Guy me demande si j'ai aimé me faire baiser par Jean. Je l'assure que oui. Il répond: «Je savais.» Son petit sourire narquois me confirme que le tout avait été planifié par eux. Cela m'importait peu maintenant. Je remercie mon conjoint. Nous nous collons et nous endormons paisiblement, le sourire aux lèvres.

Un temps pour les canards

Encore de la pluie qui s'annonce aujourd'hui. Cela fait maintenant deux jours qu'il pleut à boire debout. Le temps est maussade, c'est long et ennuyant. La maison étincelle. C'est dimanche et j'en ai ras le bol de cette température déplaisante. Je décide donc d'aller quand même à l'extérieur pour planter les fleurs, car nous sommes plus d'une semaine en retard.

J'enfile un vieux t-shirt dont les manches ont été coupées. J'avoue qu'il est très usé, sa couleur beige délavée et un col en « V » qui s'effiloche. Mais il est confortable et idéal pour le jardinage. Je tortille mes hanches dans mon vieux jeans troué, rassemble mes cheveux dans une queue de cheval vite faite et mets des sandales. Je m'empare de ma petite pelle à jardinage ainsi que d'un sac rempli de bulbes à fleurs. Guy me regarde, amusé par mon habillement inhabituel. J'ouvre la porte avec détermination, comme si je voulais montrer à Dame Nature qu'elle ne gagnera pas sur moi, même si elle nous envoie de la pluie depuis douze jours d'affilée.

Je me rends à l'avant de la maison, m'agenouille devant ma plate-bande et commence à creuser des petits trous pour y déposer délicatement des bulbes que je recouvre de la terre que j'ai tassée et laisse la pluie les arroser. Je lève la tête et vois Guy à la fenêtre : il me regarde, toujours aussi amusé. N'a-t-il vraiment rien de mieux à faire que de me regarder ? Je poursuis mon manège. La pluie augmente un peu. Mes cheveux sont collés à ma tête. Je les repousse maladroitement de mon avant-bras et continue de planter mes fleurs. J'ai fini l'avant de la maison. Je lève la tête ; Guy n'est plus à la fenêtre. Je reprends mon équipement et, en essuyant une goutte au bout de mon nez, je me dirige vers l'arrière. La pluie commence à battre plus fort et je suis complètement détrempée.

Je me rends à la remise pour ranger mes choses. Pas question de continuer, il pleut trop fort maintenant. Je range brusquement mes accessoires et referme la porte derrière moi pour la verrouiller. En me retournant, je me cogne sur Guy qui est planté là, aussi mouillé que moi. Je sursaute et le tape sur l'épaule en lui disant qu'il est fou de me faire peur comme ça. Il ne bouge pas et sourit toujours. Je lui demande ce qu'il trouve de si amusant aujourd'hui. Il me répond que mon allure l'amuse et qu'il était dehors à me regarder travailler dans la terre depuis quelques minutes. Je lui dis :

« Ah bon ! Si je peux t'amuser, tant mieux ! »

D'un pas décidé, je me dirige vers la maison. Il accroche mon bras et me tire vers lui. Il me tient aux épaules à quelques centimètres de son visage mouillé. Il est plutôt mignon, les cheveux écrasés vers l'avant. Les gouttes glissent le long de son beau visage qui affiche un sourire à faire fondre la terre entière. Il a un regard profond. Son sourire s'éteint presque aussitôt. Il est provocant, si sérieux ; j'ai des papillons dans le ventre et me sens un peu nerveuse. Il repousse mes cheveux collés à mon visage. Je veux rire, mais il prend mon visage dans ses mains et m'embrasse avec une telle passion que j'oublie qu'il pleut pour quelques minutes. Il recule un peu. Il est si mignon. Son t-shirt lui colle à la peau, qui dessine si bien son corps. Il me regarde et dit:

«Ton chandail... Avec cette pluie, je ne peux que regarder ta poitrine qui le moule. Tu es si belle.»

Je baisse la tête et remarque qu'il a entièrement raison. Mon chandail est si trempé qu'on peut voir mes seins au travers. Le beige semble être complètement transparent. Évidemment, je n'ai pas de soutien-gorge. Il les flatte avec une attention particulière de ses pouces, de haut en bas et de bas en haut. Il retire son t-shirt et le lance par terre dans l'herbe trempée. Son corps devient vite envahi de gouttelettes fraîches. Il m'embrasse à nouveau. Mes mains glissent si bien sur son corps avec toute cette eau. C'est excitant. Je lui dis:

«Viens, allons à l'intérieur.

— Non, me répond-il. Fais-moi l'amour ici... dehors... sous la pluie. Tu es si belle comme ça, tu me rends fou d'envie.»

Je suis ébahie, Guy n'étant pas du genre à dire ces choses. J'hésite, mais je dois avouer que la situation actuelle m'excite grandement et que chaque baiser et chaque toucher augmentent mon désir.

Il me guide vers le patio et m'assoit sur les marches dans une petite flaque d'eau. Il relève mon chandail juste au-dessus de mes seins, sans le retirer, et ose sa bouche sur l'un, puis sur l'autre. Il tourne sa langue sur mes pointes dressées. Il les prend dans ses mains, glisse lentement ses doigts le long de ma cage thoracique et descend vers mon ventre. Il détache mon jeans. Il boit la pluie partout sur mon corps. Ma main glisse dans mon pantalon. Ce n'est assurément pas la pluie qui mouille tant mon entrecuisse. Il se relève et abaisse avec difficulté son pantalon collé à sa peau alors que je fais de même. Son mât pointe si haut et si dur, comme s'il voulait toucher aux nuages.

Je m'assois plus droite sur la petite marche étroite et regarde les gouttes glisser du bout de son pénis jusque sous ses testicules. Je ne peux m'empêcher de le mettre dans ma bouche. La pluie tombe de mon visage jusqu'à son ventre, là où commence sa verge. Dans mon dos, on croirait un massage tellement la pluie tombe dru. D'une main, je titille mon clitoris alors que l'autre empoigne son sexe et le tient bien en place pour me permettre de le déguster à mon goût. Il pose ses mains sur mes seins et roule mes pointes entre le pouce et l'index. Il me demande d'arrêter mon mouvement et d'ouvrir les jambes. J'ouvre grandes les cuisses afin de l'accueillir en moi. Il pénètre mon corps avec une lenteur insupportable. La pluie tape sur mon ventre et éclabousse le sien, son visage dégoutte, ses yeux sont quasi fermés tellement il pleut fort. C'est hallucinant de le voir ainsi. Il accélère lentement son va-et-vient sans me quitter du regard. Mes mains le parcourent. J'abaisse mes jambes et fait un demi-tour sur moi-même. J'adore quand il me prend en levrette. Il flatte mon dos de ses mains douces comme s'il y chassait doucement la pluie. Ses coups de reins sont plus rapides et un peu plus creux chaque fois. Je ne peux m'empêcher de crier à chaque coup de reins qu'il m'offre. C'est si bon. Ma main pétrit ses testicules. Il cesse brusquement son va-et-vient, signe qu'il va bientôt éjaculer. Il se retire et me fait monter sur le patio. Il me couche à plat sur le dos et me pénètre aussi lentement que la première fois. Je gémis.

La pluie éclabousse partout, sur le sol, sur mon corps, sur mon visage, sur son corps… C'est fou comme c'est excitant! Il accélère son va-et-vient et une chaleur intense s'empare de mon corps. Une minute après, je sens un orgasme monter en moi. Je replie mes orteils et enfonce mes ongles dans les poignées d'amour de mon conjoint. Il reconnaît les signes et m'embrasse profondément, étouffant mes cris de jouissance extrême. Sa respiration change et il jouit à son tour à quelques secondes d'intervalle de moi. Il s'écrase complètement contre moi et reste ainsi quelques minutes afin de reprendre un peu d'air.

Il me remercie de cette nouvelle expérience et me relève lentement. Pour le plaisir, il tape mes fesses et se met à courir dans le gazon afin d'aller chercher son chandail près de la remise. Il est amusant à voir avec son mât encore un peu dur. Il revient me rejoindre au patio. Nous entrons dans la maison et sautons dans la douche pour nous réchauffer un peu et ensuite nous blottir sur le divan pour un film... Après tout, nous ne pouvons rien faire dehors, il pleut (clin d'œil !)...

L'addition

« Sophie, tu es prête ?

— Oui, j'ai presque terminé, j'arrive tout de suite... »

Une grande soirée au restaurant, m'a promis Guy. Je dois être toute en beauté car je serai très surprise, paraît-il...

J'ai donc revêtu pour l'occasion une splendide robe de soirée noire, couleur en parfaite harmonie avec ma longue chevelure foncée. Un décolleté profond met avantageusement en valeur mes beaux seins dont les bouts pointent déjà impudiquement à travers la fine étoffe de soie.

Mon dos est également dénudé par une large ouverture et mes jambes sont subtilement révélées par une impressionnante fente qui cisaille la robe sur toute sa hauteur jusqu'aux hanches !

J'ai pour seul sous-vêtement un minuscule string de dentelle parfaitement invisible sous cette tenue pourtant suggestive.

Alors que j'enfile mes chaussures en m'admirant devant le grand miroir à l'entrée, je sens Guy qui vient se glisser derrière moi, ses mains s'égarant déjà sur mes fesses.

« Tu es splendide, ma chérie. Tu vas encore attirer tous les regards.

— Avec toi, mon amour, je ne crains rien... Et puis, tu sais bien que je suis prête à tout pour te faire plaisir.

— Dans ce cas... », s'empresse-t-il de me répondre.

Guy s'accroupit devant moi. D'un geste expert et décidé, il passe ses mains sous ma robe, attrape mon string par les côtés et le descend rapidement en le faisant glisser jusqu'à mes pieds !

« Voilà, me dit-il, comme cela, ce sera parfait. »

Il enfouit le petit accessoire de dentelle dans la poche de son costume, comme s'il s'agissait d'une pochette décorative. Plutôt surprise, je veux protester, l'interroger au moins sur la raison de cette manœuvre, mais il dépose immédiatement sur mes lèvres un baiser chaud et chaleureux. Puis, il me dit simplement :

« Cela fait partie de la surprise, tu verras bien... »

Après un court trajet en voiture, nous arrivons au restaurant, l'un des plus chics de la ville. Guy n'a pas lésiné sur les moyens pour me surprendre ce soir. Lui aussi est splendide dans son smoking flambant neuf. Je devrai l'avoir à l'œil, sinon il risque encore de séduire bien des jeunes filles... déjà que toutes les serveuses sont folles de lui !

Notre entrée est triomphale : j'ai le sentiment que tous les regards sont braqués sur moi. Je sens des yeux admiratifs et envieux qui me regardent marcher, détaillent mes seins et fixent même mon intimité, comme si les gens pouvaient deviner que je ne porte rien sous ma robe. J'avoue en ressentir une certaine excitation qui se traduit déjà par un début d'humidité au creux de mes cuisses. Le repas se déroule à merveille.

Sur les conseils de Guy qui m'affirme ne pas vouloir regarder à la dépense ce soir, je me plais à choisir les mets les plus délicats et plus chers de la carte : c'est un véritable régal !

Sans bien m'en rendre compte, je n'arrête pas de boire une seule minute : champagne comme apéritif, vin au repas principal et, en cette fin de soirée, une douce et joyeuse ivresse m'envahit.

D'un geste discret, Guy demande l'addition que le maître d'hôtel nous apporte aussitôt dans un petit coffret d'argent. Il l'ouvre mais, bizarrement, celui-ci ne contient aucun papier !

Étonnée, je m'attends à voir Guy sortir non sans fierté sa carte de crédit « or », mais il n'en fait rien et me susurre à mon oreille :

« C'est ici que commence la surprise. »

Je le vois alors retirer discrètement de sa poche ma petite culotte confisquée avant notre départ et la déposer dans le coffret destiné à recevoir le paiement du repas. Le maître d'hôtel vient s'en emparer aussitôt et, considérant le contenu du coffret, acquiesce d'un mouvement de tête et nous dit avec respect :

« Si vous voulez bien me suivre jusqu'aux salons privés, Monsieur le directeur vous attend. »

Guy se lève d'un bond pour le suivre et me fait signe de lui emboîter le pas. J'avoue ne plus trop comprendre ce qui se passe : nous n'avons pas payé la note et on nous invite maintenant dans le bureau du propriétaire des lieux.

Guy, lui, ne semble pas surpris ou accablé, il paraît même avoir beaucoup mieux supporté l'alcool que moi. Ma tête tourne et mes jambes me donnent l'impression de ne plus vouloir me porter au point qu'il doit me soutenir en me prenant le bras.

« Ne t'inquiète pas, le meilleur reste à venir », dit-il pour me rassurer.

Nous le suivons donc au travers des couloirs et escaliers qui mènent aux étages.

Le maître d'hôtel, qui nous a précédé jusqu'ici, frappe un coup bref à la porte, nous annonce, remet le coffret à notre hôte puis nous fait entrer en s'effaçant discrètement. Nous entendons qu'il referme soigneusement la porte derrière nous.

Ce salon est encore plus luxueux que la salle du restaurant elle-même : mobilier de style en acajou, somptueux tapis d'Orient, tableaux de maîtres aux murs, fauteuils et canapés en cuir rouge... la grande classe, quoi !

Un homme très élégant – en parfaite harmonie avec les lieux –, la quarantaine grisonnante, nous accueille chaleureusement en me faisant tout d'abord un respectueux baise-main particulièrement stylé puis en félicitant chaleureusement Guy :

« Guy ! Je suis très heureux de te revoir, cela fait si longtemps... Alors, c'est elle ?

— Oui, Jean-Marc, j'ai le plaisir de te présenter ma nouvelle compagne, Sophie. »

C'est bête, mais je ressens soudainement une gêne incontrôlable : nue sous ma robe, cela doit forcément se voir !

Un peu enivrée par tout ce que j'ai bu ce soir et maintenant détaillée par cet inconnu qui vient d'ouvrir le coffret et en a retiré ma culotte avant de me regarder avec une telle insistance, j'ai vraiment le sentiment qu'il m'inspecte de la tête aux pieds...

« Elle me semble aussi parfaite et désirable que tu me l'avais annoncé, Guy.

— Oui, tu vas voir, Jean-Marc, elle est vraiment splendide, lui répond mon ami.

— Sophie, je te dois quelques explications au sujet de cette mise en scène : Jean-Marc est un vieil ami que je n'avais plus vu depuis belle lurette. Une rencontre accidentelle, la semaine dernière, nous a fait repenser à nos folles soirées d'étudiants à l'époque où nous prenions un malin plaisir à séduire les mêmes filles quand ce n'était pas de partager ou d'échanger nos conquêtes respectives. Aujourd'hui, tu me serais très obligé si tu te montrais particulièrement docile et accueillante avec mon ami Jean-Marc. Je te demande de faire exactement ce qu'il te dira et, bien entendu, d'accepter sans rechigner tout ce qu'il te fera... Tu as toujours rêvé de faire l'amour avec un inconnu, celui-ci est beau, distingué et très prévenant, tu ne seras pas déçue ! »

Je suis abasourdie et ne sais que répondre.

Sans me laisser le temps de réagir, Guy s'est glissé derrière moi et se met à me caresser le dos sensuellement. Très vite, d'un mouvement sûr et habile, il écarte les bretelles de ma robe vers l'extérieur de mes épaules, ce qui a pour effet de faire tomber mon seul vêtement à mes pieds : me voici entièrement nue, exhibée et offerte aux yeux de notre hôte. Celui-ci ne peut réprimer un « Oh ! » admiratif et confirme aussitôt :

« Tu ne m'avais pas menti, Guy. Félicitations, Sophie, vous êtes absolument ravissante ! Venez, approchez, Sophie. Il me plairait beaucoup que vous me pratiquiez une fellation... »

Joignant le geste à la parole, Jean-Marc a déjà déboutonné son pantalon et sort son pénis qui commence à être en franche érection... Il tient solidement en main ce mât de chair et le présente à ma bouche en disant :

« Prenez-le délicatement, j'aimerais que vous me suciez longuement... »

Alors que j'aurais dû crier à l'aide, refuser, me débattre ou même fuir, je suis irrémédiablement attirée par cet homme ô combien séduisant et présentant un sexe avec de belles proportions. Je ne peux donc m'empêcher de m'approcher de lui, de m'accroupir et de porter à ma bouche cet engin gonflé à bloc... Il a bon goût! Je déguste son gland et, tel un œuf fragile dont je lécherais avec précaution la coquille, j'engloutis entre mes lèvres gourmandes la grosse boule de chair. Le ravissement de satisfaction se lit immédiatement sur le visage de mon amant.

Durant plusieurs minutes, je m'applique à le sucer du mieux que je peux, allant de la pointe du gland que j'enroule sous ma langue à la base que je mordille par la suite, couvrant de salive l'entièreté de cette colonne vibrante sous laquelle pendent les testicules que je me plais à gober tout aussi délicatement.

Sous l'effet de mes caresses, son sexe prend encore de plus grandes proportions tant et si bien que je le sens proche d'exploser dans ma bouche. Avec beaucoup de délicatesse, il me repousse la tête en disant doucement:

« Délicieuse Sophie, vous me sucez admirablement bien et il me plairait de me laisser aller à éjaculer entre vos lèvres... Cependant, j'aimerais encore davantage pouvoir vous pénétrer le sexe. Pourriez-vous, s'il vous plaît, me dire quelle position vous serait le plus agréable? »

Je n'en crois pas mes oreilles! Alors que dans mes fantasmes les plus fous, j'avais rêvé de me faire violer dans un stationnement par un voyou me criant des mots les plus crus, je me retrouve ici sous le charme d'un être particulièrement raffiné et, de surcroît, d'une totale prévenance. Comment lui refuser pareille demande si élégamment formulée?

« Je vous en prie, Jean-Marc, faites-moi l'amour en levrette, j'adore être prise par-derrière... »

Pour lui faciliter les choses, je prends aussitôt place sur le moelleux canapé de cuir rouge en présentant à Jean-Marc mon postérieur bien rebondi et en écartant tout naturellement les cuisses pour lui donner une vue imprenable sur mon intimité.

Plutôt que de me bondir dessus comme l'aurait fait un chien prêt à couvrir une chienne, Jean-Marc se dénude sans se presser, me caresse très efficacement (en insistant surtout sur mes seins dont il prend un malin plaisir à tirer les bouts...), puis ses mains se posent sur mes fesses et mes cuisses avant de venir s'introduire à l'entrée de mon vagin.

Il me masse de manière divine, électrisant les zones les plus érogènes de mon corps, maintenant parcouru par d'intenses frissons de plaisir...

À son tour, alors que je suis toujours à quatre pattes sur le canapé, il s'agenouille derrière moi et prend une attention toute particulière à me lécher l'entrejambe, plongeant méthodiquement sa langue dans mes chairs intimes déjà bien trempées.

« Décidément, Sophie, me dit-il, vous êtes absolument délicieuse... partout ! »

Alors que je commence à ressentir des sensations excitantes, je me demande s'il va continuer longtemps de la sorte car je sens que je ne résisterai pas à pareil traitement et que je finirai par jouir bien avant lui.

Comme par magie, il s'interrompt, se relève pour se placer derrière moi et, amenant son membre viril à l'entrée de ma grotte secrète, il me le laisse prendre afin de l'aider à s'y introduire... Voilà, il est enfin en moi et c'est absolument divin !

Bien membré, mais dans des proportions qui restent raisonnables et agréables à contenir, il me travaille par-derrière avec toute la passion et tous les soins propres à un homme talentueux et expérimenté.

Alors que j'ai moi-même adopté un rythme lancinant, il me lime lentement, longuement, progressivement, puissamment, amoureusement pour me faire aboutir bientôt au plaisir suprême : jouir sous ses délicieux coups...

Toujours aussi galant et prévenant, Jean-Marc sent que je vais m'évanouir de plaisir avant lui et, très maître de lui, il se retient le plus longtemps qu'il peut, attendant que je crie la jouissance et le plaisir de mon premier orgasme, pour déverser au plus profond de mon ventre sa chaude et abondante semence.

Je suis véritablement comblée car cet amant inattendu m'a satisfaite avec classe et un grand savoir-faire amoureux. C'est bien au-delà de mes espérances.

Nous avons pris quelques instants de repos pendant lesquels Jean-Marc nous a servi encore un agréable rafraîchissement. Guy, inactif jusque-là, semblait rêveur...

« Tu as été formidable, Sophie, je suis très fier de toi. Tu es mangeable, ma chérie !

— C'est ton ami Jean-Marc qui s'est montré à la hauteur, Guy. Dans de telles conditions, c'est un plaisir de faire l'amour, ai-je ajouté les yeux brillants de plaisir. J'aimerais d'ailleurs que tu te joignes à nous maintenant. Faisons-le à trois !

— J'y compte bien, Sophie, me répond-il en échangeant un regard entendu avec son ami Jean-Marc. D'ailleurs, c'était la suite prévue au programme », s'empresse-t-il de préciser.

Vous décrire dans les moindres détails les merveilleuses sensations que j'ai ressenties dans les bras de ces deux hommes me serait difficile. Je puis simplement vous confier que j'ai exceptionnellement été comblée par deux magnifiques amants doués, attentifs, résistants et infatigables.

J'ai été honorée par-devant, par-derrière, dans la bouche, entre les fesses, couverte de baisers, massée de la manière la plus impudique qui soit, introduite dans chacun de mes orifices par des doigts insistants, aspergée de torrents de sperme...

Toute la nuit, ils ont uni leurs efforts et se sont relayés pour me faire connaître un plaisir immense et ininterrompu : j'ai joui au moins dix fois !

Après ces heures de délices sensuels, alors que j'étais morte de fatigue, courbaturée par les multiples contorsions physiques auxquelles j'ai eu le bonheur de pouvoir me plier, je me suis couverte d'un élégant peignoir de soie que Jean-Marc m'a remis avant de nous inviter à sortir discrètement à l'arrière de l'immeuble.

Au moment de partir, il m'a tendu le coffret de l'addition en me disant :

« Je vous l'offre en guise de souvenir pour les excellents moments que nous venons de passer ensemble. N'hésitez pas à vous en servir chaque fois que vous souhaiterez venir dîner chez nous. Au moment de payer l'addition, il vous suffira de le tendre à notre maître d'hôtel après y avoir inséré votre sous-vêtement, comme vous l'avez fait hier soir, cela signifiera que vous serez mon invitée.

Guy, très fatigué lui aussi, m'a prise par le bras et avant de quitter Jean-Marc, il a ajouté :

« Merci pour ce somptueux dîner. Nous reviendrons te voir bientôt...

— Ah oui, j'y compte bien, dis-je, c'était vraiment excellent ! »

Moments magiques

Ce soir-là, je poussai la porte de notre chambre : elle était sur le lit, étendue sur le ventre, offrant aux lumières tamisées les courbes de son corps.

Je m'appuyai contre le mur, prenant le temps de la contempler. Elle portait une simple culotte de coton blanc et un de mes vieux t-shirts qu'elle adorait mettre. Sa peau dorée tranchait magnifiquement avec la couleur de ses vêtements. Ses longs cheveux bruns tombaient en cascade sur ses épaules. Son cou était dégagé, là où j'aimais enfouir mon visage pour y trouver l'odeur qui imprégnait sa peau, promesse de délices charnels.

Elle était immobile, n'esquissant pas un seul geste vers moi, même si je savais pertinemment qu'elle m'observait derrière ses paupières entrouvertes. Elle profitait de son pouvoir absolu sur moi, sachant que sa seule vue suffisait à faire monter mon désir.

Elle poussa un soupir, se cambra légèrement et ondula des hanches. Le léger sourire en coin qu'elle arborait ne trompait pas. Elle aimait être regardée, et encore plus être désirée. Elle me répétait sans cesse que les femmes possèdent le vrai pouvoir, celui de faire d'un homme ce qu'elles souhaitaient.

Je commençais à ressentir les effets de l'excitation. J'enlevai lentement mes chaussures et mes chaussettes, puis mon gilet. J'avançai tranquillement jusqu'au lit et m'allongeai à côté d'elle. Appuyé sur mon coude, je fis courir mes doigts sur sa cuisse, provoquant un délicieux frisson sur sa peau. Je remontai ma main jusqu'à ses reins, la glissa sous son t-shirt pour caresser son dos. Elle ne portait pas de soutien-gorge. Mes caresses se firent alors plus précises, passant et repassant sur ses hanches, profitant de la douceur absolue de sa peau. À force de multiplier ces petits jeux, je connaissais par cœur la moindre parcelle de son corps. Mais c'était toujours un réel plaisir que de toucher son corps. Le moindre contact avec elle m'électrisait littéralement.

Elle poussa un petit gémissement et se mit à bouger son corps sous ma main pour provoquer mes caresses. Je savais qu'elle adorait ces contacts sensuels, ces brefs instants avant l'amour où la tension sexuelle monte de plus en plus.

Je me mis à genoux derrière elle. Je fis glisser sa culotte pour dénuder le haut de ses fesses. Je déposai un léger baiser sur celles-ci, effleurant sa peau avec mes lèvres. Mes baisers glissèrent jusqu'au bas de ses reins. Je remontai son t-shirt pour caresser et embrasser son dos. Lentement, je m'abreuvais de sa peau douce et chaude, je m'imprégnais de son odeur si particulière, si familière et enivrante, reconnaissable entre toutes.

Je voyais ses yeux se fermer, sa bouche s'entrouvrir, son corps s'abandonnant totalement à mes caresses...

Je m'arrêtai brusquement, délaissant un instant les délices de son corps. Elle comprit instantanément, fruit d'une complicité parfaite depuis des années, et se retourna pour s'allonger sur le dos, alanguie et offerte devant moi. Elle ouvrit les yeux et me lança un regard amoureux, empreint d'érotisme et de sensualité. Elle me parla pour la première fois depuis que j'étais rentré dans la pièce :

« Ne t'arrête pas, s'il te plaît... »

Je descendis jusqu'à ses cuisses et repris mes caresses. Mes mains glissaient le long de ses jambes, caressant alternativement l'intérieur et l'extérieur de ses cuisses fuselées. Je ne pouvais plus m'arrêter de déguster ce corps. Je cherchais maintenant à faire monter son excitation et sa frustration en déposant de légers baisers sur son pubis, à travers sa culotte. Ses mains caressaient mes cheveux, descendant jusqu'à ma nuque. Je passai alors à son ventre, l'embrassant voracement, signe de mon désir grandissant.

Je la débarrassai rapidement de son t-shirt, pressé de me délecter de ses seins. Je les saisis doucement de mes mains, les caressant légèrement. Je m'attaquai à son sein gauche, léchant son téton, l'aspirant de ma bouche impatiente. Puis, je passai au sein droit, décrivant des cercles avec ma langue autour de son aréole, avant de lui faire subir le même sort que son vis-à-vis. Je lui jetai un bref regard complice avant d'enfouir mon visage entre ses seins. Toute la douceur et toute la tendresse du monde étaient concentrées en cet endroit. Je me remémorais les nombreuses fois où, après l'amour, ma tête appuyée sur sa poitrine, je sombrais lentement dans le sommeil tandis qu'elle me chuchotait à l'oreille des mots d'amour.

J'approchai mon visage du sien et lui glissai à l'oreille les mots refoulés depuis plusieurs minutes: «Je t'aime tellement...»

Je lui suçotai le lobe de l'oreille, avant de me perdre dans son cou, y déposant tendrement de longs baisers. Elle saisit ma tête, pour l'amener tout contre la sienne. Nos lèvres n'étaient plus qu'à quelques centimètres. Elle ouvrit les yeux et son regard me transperça. Nous restâmes quelques secondes dans cette position, mais cela me sembla des heures. Je me perdais dans ses grands yeux verts, comme je le faisais toujours. Elle me sourit, et nos bouches se rejoignirent enfin dans un baiser tendre mais passionné.

Notre baiser était si intense que je ressentis le besoin de faire corps avec elle. Je m'allongeai doucement sur elle et je la sentis m'ouvrir ses cuisses pour que nos corps puissent se rencontrer enfin. Je me pressai contre elle, sentant mon sexe maintenant totalement durci frotter contre son pubis, mon torse écraser ses seins, ma bouche chercher la sienne avec encore plus de voracité.

Nous nous séparâmes enfin, haletants, cherchant à reprendre notre souffle.

La bouche entrouverte, le souffle court, ses yeux rivés aux miens, elle tendit sa main pour me caresser tendrement la joue, puis passa lentement son index sur mes lèvres. Je les ouvris légèrement pour saisir son doigt, que je me mis à sucer lentement. Elle éclata d'un rire cristallin, avant de retirer son doigt humide. Je lui souris, déposai un tendre baiser sur ses lèvres avant de descendre jusqu'à son ventre.

Je fis glisser sa culotte le long de ses cuisses, avant de la jeter au pied du lit. Je la contemplai quelques secondes: sous son pubis orné d'une fine toison, ses lèvres déjà entrouvertes sur son sexe humide m'indiquaient un état d'excitation assez avancé. Je m'allongeai entre ses jambes, le souffle court, mes lèvres à quelques centimètres de son sexe. Je levai les yeux vers elle, cherchant son regard. Elle ondula des hanches, cherchant ma bouche avec son pubis, impatiente de la suite de nos ébats amoureux. Je la fis languir encore quelques secondes, avant d'approcher mon visage de son sexe.

Je commençai par lécher ses grandes lèvres, qui s'écartèrent au fil de mes coups de langue, puis les petites lèvres rosées qui s'ouvrirent comme une fleur pendant que mon doigt frottait doucement le clitoris. Ses cuisses encore un peu plus ouvertes, elle m'offrait sans pudeur son intimité. Je saisis ses petites lèvres, les aspirai, les relâchai pour mieux les lécher.

Je pouvais sentir son plaisir monter grâce aux réactions de son corps. Ses yeux étaient clos, sa bouche entrouverte laissait échapper de petits gémissements. Sa main vint se poser sur mon cou, me pressant de temps en temps contre son entrejambe.

Je passai mes bras sous ses cuisses, et pendant que ma main droite lui caressait doucement le ventre, ma main gauche vint envelopper son sein. Il était gonflé, dur, et son téton dressé frémit sous mes caresses.

Ma bouche se colla entièrement à son pubis pour l'assaut final. Ma langue se faisait plus rapide et vorace sur son clitoris. Je sentais l'orgasme monter dans tout son corps, car celui-ci commençait à se crisper, à se contracter. Ses cuisses se resserrèrent, ses mains placées de part et d'autre de ma tête essayèrent de me décoller de son clitoris devenu très sensible. Je saisis ses poignets et maintins ses bras contre son corps, pendant que ma bouche finissait le travail.

Son corps s'arqua brusquement, vibrant de jouissance. Un long râle de plaisir s'échappa de sa gorge pendant que je m'arrachais de la douceur de ses cuisses.

Je la regardai finir de savourer son orgasme. Son corps était maintenant paisible, détendu. Ses traits étaient relâchés, et seule la coloration de ses joues indiquait la violence de son plaisir. Je m'absorbai dans la contemplation de son corps magnifique. Elle était toujours d'une beauté sublime après l'amour, son corps épanoui par les vagues de plaisir l'ayant submergé.

Elle ouvrit les yeux, un sourire dessiné sur ses lèvres, et m'attira vers elle pour échanger un baiser intense et passionné.

Couché sur le côté, je me serrai tendrement contre elle, ma tête reposant sur ses seins. Je profitai longuement de la douceur et de la chaleur de sa peau, pendant qu'elle jouait avec mes cheveux en me murmurant des mots d'amour à l'oreille.

Au bout de quelques minutes, je la sentis bouger contre moi. Elle me renversa brusquement sur le dos et s'assit à califourchon sur moi. Elle me regarda intensément, un sourire aux lèvres, et commença à faire onduler son bassin contre mon bas-ventre, dans un mouvement lascif, sensuel. Mon érection reprit de plus belle, entravée par mon pantalon.

Interrompant son mouvement quelques instants, elle défit prestement ma ceinture et fit glisser mon pantalon jusqu'à mes chevilles, avant de le laisser tomber au pied du lit. Avec un air coquin, elle m'enleva mon caleçon, dévoilant ainsi mon sexe durci.

Elle se réinstalla ensuite sur mon corps, son pubis collé à mon sexe, et recommença son petit manège. Ma verge glissa doucement entre ses lèvres entrouvertes et frotta contre son clitoris. Elle continua son savant massage quelques minutes, retardant le plus possible cet instant où nous pourrions enfin assouvir notre désir ensemble, réunis dans une étreinte passionnée que nous désirions depuis que j'étais entré dans la chambre. Notre excitation était palpable et continuait de monter, jusqu'au moment où nous pourrions la libérer. Nous adorions tous les deux ces longs moments d'attente avant la concrétisation physique de notre amour.

Elle s'allongea bientôt sur moi, et tout en déposant un léger baiser sur mes lèvres, elle guida ma verge dans son sexe, lentement, doucement, pour nous faire profiter tous les deux au maximum de la pénétration. Puis, elle se redressa, posa ses mains sur mon torse et commença sa chevauchée. Immobile, la laissant diriger les opérations, je la regardai, véritable déesse de l'amour, tout en savourant mon plaisir. Son bassin se projetait d'avant en arrière, alternant les mouvements secs et rapides avec ceux plus lents. Mes mains posées sur ses cuisses, je la caressai doucement, laissant l'orgasme monter petit à petit.

Elle me connaissait tellement bien, notamment les réactions de mon corps, qu'elle ralentissait d'elle-même ses mouvements lorsqu'elle me sentait trop proche de la jouissance. Son assaut dura de longues minutes, pendant lesquelles elle usa de toute sa science, variant les rythmes et les angles de ma pénétration, jusqu'à cette montée inexorable vers notre plaisir commun. Elle avait le souffle court et ses mouvements se firent plus désordonnés et plus brutaux. De mon côté, ma respiration s'accéléra, je laissai mes mouvements prendre encore plus d'amplitude, jusqu'à ce que je reconnaisse les premières manifestations de l'orgasme. Ma vue se brouilla, mon corps se tendit lorsque je jouis enfin. Comme une réaction en chaîne, mon orgasme déclencha également le sien. Je la sentis se raidir et je vis à travers le brouillard dans lequel je me trouvais son corps s'arquer devant l'intensité de son orgasme. En sueur, épuisée, elle se laissa tomber sur moi et posa sa tête sur mon épaule. Resté en elle, je sentis son corps frémir contre le mien. Nous restions là, collés l'un contre l'autre, sans rien dire, savourant le plaisir de nos corps réunis dans cette étreinte.

Les bras passés autour de sa taille, je la serrai très fort contre moi pour prolonger ce moment fabuleux après l'amour où l'on ressent cette plénitude absolue. Je sentis ses seins fermes et doux contre mon torse, ses cuisses reposer sur mes jambes et son intimité abritant la mienne de sa douce chaleur. Tous mes sens étaient décuplés après cet assouvissement passionné de notre amour. J'aurais voulu que cet instant dure pour toujours.

Nous restâmes enlacés ainsi de longues minutes, goûtant un peu de repos. Je ressentis à cet instant un bonheur intense et un amour débordant pour la femme étendue sur moi.

Mon sexe reprit peu à peu de la vigueur, toujours fiché dans son étroit fourreau. Elle releva la tête, me regarda brièvement avant de retomber sur ma poitrine. Elle émit un petit rire cristallin et me glissa doucement à l'oreille :

« Tu n'en as donc jamais assez ? »

Un sourire aux lèvres, je la relevai pour nous placer tous les deux en position du lotus, toujours emboîtés l'un dans l'autre et maintenant placés face à face dans notre étreinte. Elle passa ses jambes autour de ma taille et ses bras autour de mon cou.

Sans bouger, sans même nous caresser, juste en échangeant des regards d'une intensité incroyable où se mélangeaient tout l'amour et tout le désir que nous ressentions l'un pour l'autre, mon excitation se remit à monter. Mon sexe se gonfla et se durcit dans le sien, lui arrachant un petit gémissement de satisfaction.

Je passai mes bras autour de sa taille pour la serrer encore plus fort contre moi. Je sentis ses seins appuyer fermement contre mon torse. Nos bouches n'étaient maintenant plus qu'à quelques centimètres l'une de l'autre. Nous nous embrassâmes alors passionnément, nos lèvres se soudant dans un baiser sensuel, incroyablement doux mais pourtant si fort.

Pendant que nous échangions ce baiser, je sentis son bassin se mettre à bouger lentement, décrivant des cercles pour mieux ressentir la pénétration. Ses mouvements étaient très limités, mais je ressentis un plaisir extrêmement fort. Nos lèvres se séparerent, mais nous restâmes les yeux dans les yeux, tremblants et haletants, incapables de séparer nos regards.

Ses mouvements se firent moins amples, mais son sexe reprit le relais. Son vagin se contracta sur mon sexe tendu. La sensation était indicible, incroyablement douce, chaude, enivrante et terriblement excitante.

Nous restâmes enlacés ainsi pendant de longues minutes, des instants où nous étions aussi proches et aussi liés qu'on puisse l'être, des instants où nous ne faisions qu'un, nos corps fusionnant en une étreinte moite et enfiévrée.

Nous sentîmes le plaisir monter par vagues puissantes, nous submergeant tous les deux par son intensité. Nous étions hors du temps, sur une autre planète, dans un lieu unique qui n'appartenait qu'à nous, où nous étions intouchables et en sécurité.

Lorsque l'orgasme nous atteignit enfin, elle enfouit sa tête dans mon cou, avant que nous jouissions longuement ensemble. Le visage balayé par son épaisse chevelure brune, je la serrai encore plus fort dans mes bras pour prolonger ce moment d'intimité suprême.

Je la couchai tendrement sur le lit, m'allongeai tout contre elle en l'entourant de mes bras. Ce fut dans cette position que nous finîmes par nous endormir.

Bonne nuit, ma chérie!

La chaussure

Je me présente. Je m'appelle Guy et j'ai 47 ans. Ma conjointe, Sophie, est une belle grande brune de 30 ans aux yeux verts. Son magnifique regard sexy, son joli petit derrière et ses beaux petits seins sont autant de raisons qui font que les hommes la regardent.

L'histoire que je vais vous relater s'est passée il y a une dizaine de mois et, depuis lors, hante certaines de mes nuits.

Nous étions sortis ensemble par une belle journée d'été afin de faire les boutiques.

Sophie cherchait une paire d'escarpins noirs de marque renommée avec des talons très fins de 10 cm. À peine étions-nous sortis du stationnement que je sentis les regards des hommes sur elle. Il faut dire qu'elle s'était vêtue, comme à son habitude, de façon sexy.

Elle portait une minijupe noire, des escarpins noirs également et une petite camisole blanche et moulante, sans soutien-gorge. Elle exhibait ainsi fièrement son *piercing* au nombril.

Arrivés devant la boutique, nous entrâmes et nous fûmes accueillis par le propriétaire, un homme d'une cinquantaine d'années, grisonnant et de corpulence moyenne. Il demanda à Sophie ce qu'elle voulait, avant d'aller chercher à l'arrière l'objet de notre venue. De retour, il s'agenouilla pour lui mettre les chaussures. Il prit bien son temps, sa main passant au-dessus de sa chaîne de cheville, et remonta jusqu'à son mollet.

Il fut aussi visiblement très intéressé par les cuisses de ma conjointe. Manœuvrant habilement, il réussit même à lui faire écarter un peu plus les jambes. Dans cette position, je n'avais aucun doute sur ce qu'il voyait.

Sophie se mit debout et parcourut quelques mètres avant de revenir s'asseoir. Les chaussures lui convenaient parfaitement. Le vendeur refit son manège pour lui enlever les chaussures, se rinçant une nouvelle fois l'œil.

« Qu'en penses-tu, Guy? me demanda-t-elle.

— J'aime beaucoup, elles sont très fines et ça te va bien. »

C'est alors qu'en se relevant le vendeur s'exclama:

« Visiblement, mademoiselle porte très bien les choses fines. »

L'allusion au string de ma femme était plus qu'évidente par le vendeur.

Prétextant le besoin de réfléchir, nous retournâmes à la voiture en direction du centre commercial non loin. Elle savait qu'elle avait des chances de les trouver aussi là-bas et peut-être moins chères. Sur le chemin, la discussion allait bon train sur le pauvre vendeur qui avait dû frôler l'arrêt cardiaque. Nous avouâmes tous deux avoir été bien excités par son petit jeu lors de l'essayage.

Plus tard, bredouilles, nous étions rapidement de retour devant son magasin.

« Rebonjour, alors vous avez réfléchi ? nous dit-il, visiblement surpris et ravi de nous revoir chez lui.

— Oui, nous les prenons ! » répondit Sophie.

Le vendeur alla chercher la boîte de chaussures et revint à la caisse avec celle-ci.

« Chérie, tu devrais les réessayer pour être vraiment sûre », lui dis-je.

Elle comprit mon jeu et me sourit en s'asseyant.

« Peux-tu chercher mon chéquier dans mon sac pendant ce temps ? » me lança-t-elle.

C'est alors qu'en ouvrant son sac je découvris son string. Sans doute l'avait-elle ôté en descendant de la voiture. Pris de panique, je levai la tête vers elle. Elle me sourit, l'air de dire que tout allait bien.

L'homme releva les yeux et après quelques secondes (qui me parurent des heures), figé dans cette position, reprit l'essayage.

Puis il me dit :

« Vous savez, il n'y a pas que les choses fines qui lui vont. »

Après un petit silence, il continua :

« Sans rien aussi, elle est très bandante. »

Soufflé, je ne sus quoi répondre.

Il lui enfila la seconde chaussure, sa main remonta plus haut que le mollet cette fois. Je la vis passer sur son genou, puis caresser sa cuisse avant de s'aventurer sous sa jupe et disparaître. Sophie se mit à basculer la tête en arrière, les yeux mi-clos.

Son attitude semblait indiquer que les mouvements de bras du vendeur entre les cuisses de ma femme portaient leurs fruits. Elle se trémoussait maintenant sur son siège en s'abandonnant complètement. Relevant un peu plus sa jupe, il avança son visage vers sa chatte et se mit à la lécher avec application tout en continuant de temps en temps à faire pénétrer son doigt. C'est alors que nous fûmes interrompus par l'arrivée d'une cliente. Ils eurent tout juste le temps de reprendre leurs esprits.

Le vendeur se releva et nous demanda poliment de bien vouloir attendre un moment et qu'il s'occuperait de ma conjointe dès qu'il le pourrait.

L'attente fut de très courte durée, à peine le temps d'échanger quelques regards, inquiets pour ma part et remplis de culpabilité pour Sophie.

Nous nous avançâmes vers la caisse pour régler notre dû.

Le vendeur, visiblement déçu par la tournure des événements et tentant de reprendre le fil de l'histoire, me lança :

« Vous avez de la chance ! Le puits d'amour de votre conjointe est vraiment délicieux ! »

La conférence

Nos regards se sont croisés lors d'un souper d'affaires dans un restaurant du centre-ville.

Elle me sourit, baisse les yeux lentement et continue de parler avec ses collègues en remuant le contenu de son verre.

Je lui rends la politesse avec un sourire discret, puis je poursuis la conversation avec mes pairs tout en surveillant ses moindres gestes du coin de l'œil.

Sachant qu'elle a mon attention, elle se lève et se dirige vers ma table, sans me quitter des yeux; avec un petit sourire gêné mais intrigué, elle passe devant moi et s'arrête au bar un peu plus loin sans se retourner.

Je me dis à moi-même: «Je me lève ou je fais l'insouciant et j'attends encore un peu au risque de perdre cette si belle occasion de faire connaissance avec une jolie femme au regard si intrigant et charmeur ? »

Elle reçoit son verre, se retourne et voyant mon air indécis, elle me tend sa carte sans dire un mot, et retourne s'asseoir auprès de ses collègues tout en me surveillant afin de voir ce que je compte faire.

Mon collègue, plus vite que moi, tend sa main, prend la carte et me dit :

« Je crois bien que cette jolie femme d'affaires veut quelque chose de toi. Si tu ne bouges pas dans les prochaines secondes, c'est moi qui vais le faire à ta place. »

Quelques instants plus tard, mon collègue se lève et se dirige vers sa proie.

Amusée par son sens de l'humour, elle rit et lui chuchote quelque chose à l'oreille sans me quitter du regard. Celui-ci revient, tête basse, en me lançant la carte :

« Elle veut que tu te joignes à leur table. »

Satisfait, je souris, me lève et me dirige vers elle. Je la fixe dans les yeux mais m'adresse au groupe :

« Bonjour, mesdames, messieurs, à la suite de votre invitation, ma chère, je me joins à vous. J'ai remarqué que vous étiez à la même conférence que moi ce matin. »

Toujours en riant, elle tire la chaise à côté d'elle et m'invite à y prendre place. Elle croise délicatement sa jambe en se retournant vers moi et me répond gentiment :

« Oui, effectivement, j'étais à la même conférence que toi ce matin. »

Naturellement, j'ai écarquillé les yeux en voyant cette superbe jambe qui se dévoile devant moi. Je lui demande gentiment si je peux lui offrir un autre verre ou si elle préfère aller prendre un verre dans une boîte de nuit. Elle me remercie de l'offre et me dit en se rapprochant un peu:

«Je crois bien en avoir assez d'ici. J'accepte ton invitation. Cependant, je suis arrivée ici en taxi directement de la conférence.

— J'ai une voiture de location, elle est située à l'arrière. Attends-moi, je reviens te chercher.

— Merci, c'est gentil.»

Dès mon arrivée, elle empoigne la portière et, à nouveau, je vois encore cette superbe jambe. Quel délice pour mes yeux!

«Y a-t-il un endroit où tu aimerais aller ou parcourt-on les rues?

— Je ne suis pas d'ici, je ne connais donc pas les environs.»

En attachant sa ceinture, elle accroche sa jupe pour dévoiler un peu plus sa cuisse et me demande où je l'amène. Finalement, on se présente formellement.

«Moi, c'est Guy. Si j'ai bien regardé sur ta carte, tu t'appelles Sophie. Sophie, est-ce que tu veux aller danser ou prendre un verre sur une terrasse?

— Je suis enchantée, Guy . Merci de m'avoir sortie de ce souper ennuyant. Je ne détesterais pas aller danser... sur une terrasse peut-être?

— Hum... danse, terrasse. Oui, je connais un endroit et ce n'est pas tellement loin d'ici. Il est situé sur le long de la rivière et c'est très sympathique, dis-je en admirant encore cette superbe jambe.

— Est-ce que je te déconcentre ? me demande-t-elle tout en riant. Désolée ! Ce n'est pourtant pas mon intention, me dit-elle en abaissant quelque peu sa jupe.

— Pour être bien franc, ma chère Sophie, lorsque nos yeux se sont croisés pour la première fois en début de soirée, j'ai immédiatement craqué pour toi. C'est un peu fou, mais c'est comme ça. »

Ses joues ont rosi.

« Merci ! Je dois admettre que j'ai été aussi attirée vers toi. Tu as un regard profond ainsi qu'un sourire à faire fondre n'importe qui. »

Je souris et lui dis :

« On arrive, le stationnement se trouve à l'arrière. Je te dépose ici à l'avant ?

— Cela n'est pas nécessaire, merci.

Avant de débarquer de la voiture, nos regards se croisent à nouveau, mais je ne peux m'empêcher d'avancer vers elle tout doucement, en la regardant toujours droit dans les yeux, pour faire la bise sur la joue gauche tout en posant mes deux mains sur chacune de ses épaules dénudées.

En me voyant m'approcher si lentement, son cœur se met à battre un peu plus fort. Flattée par mon approche douce et respectueuse, elle me regarde, me sourit et s'apprête à sortir de la voiture. Puis, je ferme sa porte. Je suis devant elle et l'attends pour aller au bar. Elle s'appuie sur la voiture et me tire par la ceinture pour que je sois un peu plus près d'elle. Sans me quitter des yeux, elle s'approche de mon oreille et me dit d'une voix basse :

« Tu as manqué ma bouche. »

L'empoignant par la taille, je lui murmure à mon tour dans son oreille que je n'ai rien manqué, tout en lui faisant la bise sur l'autre joue. Elle semble avoir un petit frisson, je lui tends donc mon veston et nous entrons à l'intérieur du bistro.

Une fois rendus à l'intérieur, elle me remet mon veston et me remercie de nouveau. Elle s'assoit sur un tabouret au bar, croise la jambe gauche sur la droite en ne laissant pas la moindre parcelle de chair à la vue.

Je lui offre quelque chose à boire. Après quelques minutes de discussion, nous allons sur la terrasse pour danser un peu afin de délier nos jambes. N'étant pas un danseur hors pair, je me fatigue vite et lui propose un endroit plus tranquille dans le bistro. Puis, à un moment donné, elle s'absente pour aller aux toilettes. Elle revient vitement, se penche au-dessus de la table, s'avance un peu vers moi et me dit: «Je m'excuse, mais je ne pouvais plus supporter mes sous-vêtements», puis elle se rassoit. Sous la table, elle avance sa jambe pour effleurer la mienne.

Je fais signe au serveur, puis je commande une crème de menthe verte sur glace et un B-52 pour madame. À l'arrivée du serveur, je me lève pour payer la note. Le serveur repart et je prends une gorgée de mon verre. En me rassoyant, j'échappe par inadvertance ma monnaie sous la table. Je m'abaisse afin de la récupérer, je retire le cube de glace que j'ai dans ma bouche et, d'un geste discret, je glisse celui-ci à l'intérieur de la cuisse gauche de Sophie, suivi de la droite, en montant un petit plus haut quand, soudain, j'entends un petit gémissement de plaisir de sa part. Elle referme tout doucement ses jambes. Je me relève et lui souris poliment d'un air espiègle. Tout cela s'est fait en l'espace de quelques secondes.

Elle prend une grande respiration. En se mordillant la lèvre du bas, elle s'approche de moi, prend ma main sous la table et l'apporte à sa cuisse, m'assurant de faire contact à partir du genou. Elle fait monter lentement ma main le long de sa cuisse. Puis, elle me chuchote :

« Que comptes-tu faire de ça ? Et ça ? » en promenant ma main sur l'autre cuisse.

Je prends alors une serviette et éponge doucement l'intérieur de ses deux cuisses. Surpris, je n'essuie pas seulement que de la glace fondue ! Je me relève et me cogne la tête sur le bord de la table. Elle rit, puis me dit :

« Tu l'as bien mérité... Ça va t'apprendre à me faire un coup comme ça ! »

Elle frotte ma tête et me demande si j'ai le goût de quitter le bistro. Au même moment, elle prend ma main droite pour venir la déposer sur le haut de sa cuisse et la faire glisser vers l'arrière jusqu'au rebord de sa fesse gauche. Avec un petit rire amusé, elle redescend ma main aussi vite et attend ma réponse.

Je lui dis que je dois aller à la salle de bain pour mettre un peu d'eau froide sur ma tête et lui demande si elle peut se rasseoir et remonter sa jupe un peu en attendant mon retour. Elle s'exécute. Alors que je reviens vers elle, elle entrecroise ses jambes si lentement que je peux voir son mont de Vénus. Quelle beauté !

Nous quittons maintenant le bar. Rendu près de la voiture, je ne peux résister à la tentation. Je l'empoigne par-derrière. Avec mes deux mains, je saisis ses seins et les presse l'un contre l'autre. Je descends ensuite tout doucement ma main gauche sous sa cuisse pour la remonter tendrement jusqu'à ce que mon majeur effleure son pubis. À ce moment, elle se retourne vivement contre moi, me saute dans les bras en entrelaçant ses magnifiques grandes jambes autour de ma taille et m'embrasse passionnément jusqu'à ce que je la dépose sur le capot de la voiture.

Je donne un coup sec pour ouvrir sa blouse et voilà qu'apparaît un soutien-gorge bourgogne en dentelle. Nos lèvres se touchent et son dos courbe lorsque ma main monte le long de sa cuisse gauche. Un léger gémissement se fait entendre. Nos langues se rencontrent, elle retire ma chemise et fait descendre ses ongles le long de mon dos si subtilement que j'en ai des frissons. Puis, elle détache ma ceinture et m'effleure à son tour mon entrejambe. Je lui dis :

« Même si l'endroit n'est pas trop éclairé, nous sommes quand même à la vue des yeux indiscrets. Remarque que cela m'importe peu, mais je te propose de finir le tout dans la voiture en se promenant dans les rues avoisinantes du quartier. Tu vas voir, c'est assez spécial. »

Elle ouvre la portière de la voiture et s'y glisse à l'intérieur. Je démarre la voiture et nous partons. Étant à moitié déculotté et bien bandé et madame à moitié nue à mes côtés, j'entreprends d'abaisser entièrement mon pantalon et, avec son aide, mon boxer tout en valsant un peu sur la route. Je lui demande de s'installer face à moi, ce qu'elle fait avec une certaine crainte et excitation dans son regard. Elle pose sa jambe droite sur la portière avec une grande souplesse. Pour ce qui est de la gauche, elle a amplement de place. Lorsqu'elle s'assoit sur moi, je ressens une chaleur indescriptible provenant de l'intérieur de son corps et qui enrobe mon membre. En tenant le volant de ma main gauche, je réussis avec ma main droite à retirer complètement sa blouse et à défaire son soutien-gorge. Je vois deux superbes seins apparaître devant mes yeux. Quel beau spectacle ! Je ne peux m'empêcher de les mordiller avec mes lèvres tout en regardant naturellement la route. Soudain, son jeu de bassin s'accentue de plus en plus.

À l'instant où mes lèvres s'emparent de ses seins, ses petits cris de plaisir augmentent légèrement. Elle recule quelque peu pour permettre à son bassin de monter un peu plus haut sans tout de même m'empêcher de conduire. Pour étirer le plaisir, elle se rapproche de moi et abaisse le bassin jusqu'à ce qu'elle soit complètement accotée sur mes cuisses. Puis, d'un seul mouvement de hanches, elle recule son bassin avec une petite pression afin de ne pas soulever son corps. Ma main droite serre fermement sa fesse gauche.

Puisque nous suivons une ligne droite, je ne manque pas la chance qui s'offre à moi. Je m'avance un peu plus vers l'avant sur le siège tout en gardant les yeux sur la route et je lui demande de se rapprocher et de se tenir vraiment serrée contre moi. Le jeu du bassin et des hanches recommence. Je lui mordille les oreilles. Mes deux mains sont sous ses fesses et je les caresse avec vigueur. Mes mains ne sont plus sur le volant, mais c'est l'intérieur des mes genoux qui contrôle le volant. Je n'ai plus la force de tenir bien longtemps encore. Le rythme du bassin et des hanches s'accentue de façon ahurissante. Je retire mon pied de l'accélérateur. Ça y est, elle pousse un grand cri de jouissance en même temps que le mien, et on se serre très fort. J'arrête la voiture sur l'accotement et on s'embrasse longuement. Nos cœurs battent la chamade. Elle me dit:

« Tu avais raison... C'est une expérience formidable, merci! Baisse ta fenêtre et fais entrer de l'air! »

On sort de la voiture pour se rhabiller, du moins en partie; étant donné que j'ai brisé les boutons de sa blouse, elle ne remet que son soutien-gorge et sa jupe. Le petit sous-vêtement devra être jeté, puisque Sophie n'a pas de mouchoirs dans son sac. Je remonte mon pantalon, on s'embrasse encore un peu. Avec un petit sourire en coin, je lui demande si elle a le goût de passer le reste de la soirée dans ma chambre d'hôtel. Il est déjà 11 h 15. Avant d'arriver à son hôtel, elle met mon veston afin de ramasser ses effets personnels.

Une fois dans ma chambre d'hôtel, je lui dis:

« J'aimerais bien aller prendre ma douche le premier. Fais comme chez toi. Soit dit en passant, peux-tu téléphoner au service de chambre et me commander une bière s'il te plaît? Prends-toi quelque chose si tu veux.

— Très bien.»

Une fois dans la salle de bain, je surveille ses moindres mouvements. Elle appelle le service de chambre et commande une bière pour moi et un *cooler* pour elle. Moins de quatre minutes plus tard, on cogne à la porte. Elle ouvre. C'est le service de chambre avec la commande. Elle paie la dame et la remercie. Avant de refermer la porte, elle installe sur la poignée de porte l'affichette indiquant «Ne pas déranger». Je ferme rapidement mais doucement la porte de la salle de bain. Elle approche de l'endroit où je me trouve. J'entends la poignée de porte tourner et la porte s'ouvir lentement. Je tourne la tête et l'aperçois. Elle enlève lentement sa robe de chambre et en tenant les deux bouteilles devant elle, me dit:

«J'ai pensé t'offrir ta bière le temps qu'elle est froide... J'espère que ça ne te dérange pas?

— Merci, c'est très gentil de ta part. Maintenant que tu es là, partage la douche avec moi.»

Je tourne le robinet de la douche pour avoir un peu plus d'eau chaude. Tout en se caressant et s'embrassant tendrement, je reprends de la vitalité. Je lui savonne tout l'arrière du corps, je m'attarde sur ses superbes fesses. Elle me savonne maintenant tout le devant. Je la tourne dos à moi et me glisse de bas en haut contre ses fesses et lui prend les seins dans mes mains. Je la serre très fort contre moi tout en lui léchant et mordillant le cou. Puis, elle me fait face et je lui savonne le devant du corps.

On se rince et on sort vitement de la douche pour poursuivre nos ébats dans le lit. Sa langue passe lentement juste à côté de mon membre fièrement dressé. Enfin, après ce qui m'a semblé des heures, sa bouche fait contact avec mon engin et, telle une affamée, elle me déguste comme jamais.

Je la prends par les hanches, lui fais faire un demi-tour, pour ensuite commencer un 69 inoubliable. Ma langue parcourt tous les petits endroits stratégiques qui la font vibrer et gémir de plaisir. Je lui caresse les fesses et les hanches avec douceur. Des gémissements se font entendre. N'en pouvant plus, elle enfonce ses ongles dans ma peau, sa tête retombe vers l'arrière, son cou et son dos se courbent, puis j'entends de nouveau ce fameux cri de jouissance pour la seconde fois ce soir. N'en pouvant plus, je vais bientôt éjaculer. Mon corps se raffermit à son tour et je jouis presque simultanément. On s'embrasse passionnément.

Une fois bien douchés et nos corps reposés, nous sombrons très bientôt dans le sommeil. Mais avant, je l'embrasse et lui dis :

« Bonne nuit, ma belle. Il nous reste quatre heures de sommeil avant le deuxième jour de la conférence ! »

Le bain de minuit

Ni lui ni moi n'avions réellement envie de ce week-end chez Roger et Joanne. Même si cela nous faisait plaisir de revoir Roger, un ami d'enfance de Guy, nous ne connaissions presque rien de Joanne. On l'avait entrevue mercredi dernier en ville, et il faut bien dire que je l'avais trouvée plutôt bien physiquement, mais aussi un peu désinvolte, presque hautaine, et pas très sympathique.

Il est 17 h 30. Guy conduit sans dire un mot depuis une bonne demi-heure, et même s'il s'efforce de paraître d'excellente humeur, je sens qu'il n'apprécie pas mon manque d'entrain.

Au bout d'une heure d'un voyage plutôt silencieux, nous arrivons enfin chez Roger. C'est une maison ancienne en pierre comme nous les aimons Guy et moi et qui cache un beau terrain. Une piscine se trouve dans la cour arrière de la demeure.

Joanne nous accueille, un arrosoir à la main, affichant un grand sourire. Elle cache son visage sous un grand chapeau de paille. Vêtue d'une longue robe d'été ample, elle semble sortir d'un conte de fées. À cet instant, je la trouve très belle. Guy l'embrasse déjà sur les deux joues avec un regard qui en dit long. Manifestement, lui aussi la trouve très jolie. Il faut bien avouer que Joanne est la douceur même. Cheveux châtains, les yeux noisette, tendres et rieurs, le cou dénudé surplombant un décolleté généreux sans être coquin, des jambes tout simplement parfaites, elle semble avoir un corps superbe. Et Guy commence déjà à m'agacer; comme à son habitude, j'ai l'impression de ne plus exister pour lui.

Roger, qui nous a rejoints, nous sert à présent l'apéro et Guy ne m'adresse pas la parole, pas même un regard; toute son attention est tournée vers Joanne, avec qui il discute depuis que nous sommes arrivés. Roger se tourne alors vers moi et, avec son sourire charmeur qui m'amuse bien plus qu'il ne me charme, me complimente sur ma tenue. J'ai hésité au moins trois jours avant d'accepter de porter cette jupe fendue, malgré l'insistance de Guy. Même si je trouvais mon ensemble beau, le décolleté me semblait vraiment trop provocant et me mettait mal à l'aise.

La main de Guy vient se poser délicatement sur ma cuisse droite et se penche (enfin!) vers moi:

«Joanne me disait qu'elle adorait les animaux... Vous devriez vous entendre à merveille!»

Le sourire que m'adresse Joanne aurait pu faire fondre un bloc de glace et je le lui rends aussi sincèrement que maladroitement... Lorsqu'elle se lève pour préparer le repas dans la cuisine, je la suis par politesse pour bavarder d'animaux et dans l'espoir de lui trouver un horrible défaut. Mais force est de constater que je ne peux rien lui reprocher! Pendant que les hommes se servent une autre bière, nous faisons connaissance en préparant la salade et en découpant le rôti. Joanne me complimente elle aussi sur ma tenue, passant ses mains chaudes sur mon bras, touchant le tissu léger qui compose mon chemisier. Elle se rapproche de moi et je sens mon cœur battre plus fort. Un vent de panique s'empare presque de moi. Je vois la scène de l'extérieur, et cela ressemble à un mauvais film érotique… Je me vois troublée par un geste pourtant anodin, mais dans une drôle d'ambiance.

Les yeux de Joanne plongent dans les miens. Elle est si belle! Son air grave la rend sensuelle. Je sens ses doigts glisser sur ma peau, sa respiration est saccadée.

« Tu es si belle! » lui murmuré-je. Soudain, son expression change, ses yeux pétillent et elle me lance un merci joyeux et, se levant sur la pointe des pieds, me dépose un léger baiser sur la joue.

« Et si on servait la salade? »

Nous rejoignons Guy et Roger, heureux d'être de nouveau ensemble et de parler de voitures, de motos et de ski. En me voyant, Guy m'enlace par la taille et me fait basculer sur ses genoux, m'embrassant fougueusement mais brièvement. J'entends Roger, à qui nous tournons le dos, rigoler de nous voir ainsi. Quant à Joanne, le saladier dans les mains, elle me regarde en souriant. C'est en me relevant difficilement que je m'aperçois que ma jupe s'est ouverte laissant à Joanne, en face de moi, tout le loisir de contempler la dentelle fine de ma plus belle culotte. Feignant de ne pas m'être rendu compte qu'elle avait tout vu, je passe à table, suivie bientôt des hommes et de Joanne.

Le repas est agréable et succulent. J'oublie les épisodes gênants que je viens de vivre et je retrouve Guy plus tendre et proche de moi. À cet instant, j'ai très envie de lui faire l'amour et patiente sagement en m'imaginant dans quelques heures, sur notre lit, le chevauchant nue, m'empalant profondément sur son sexe fièrement dressé. Je me vois écartelée, tandis qu'il butine avidement ma fleur sauvage. Mes pensées s'envolent vers des contrées brûlantes et, petit à petit, je sens le désir monter en moi. Déjà, mon sexe s'est humidifié et je dois faire un effort pour quitter mes délicieuses mais dangereuses divagations. Guy et Roger lancent quelques plaisanteries douteuses, et Joanne s'en amuse de bon cœur. L'ambiance est légère et détendue.

Je ne redescends de mon nuage que pour déguster le dessert et siroter quelques coupes d'un excellent champagne... Celui-ci me fait tourner un peu la tête. Sous la table, la main de Guy vient à la rencontre de mon genou droit, pour rapidement remonter caresser ma cuisse... Je n'ai pas besoin de ça ! Mais elle est bien là et je n'ai pas la force de la repousser. Ses yeux pleins de malice, il laisse courir ses doigts sur ma peau, me faisant frissonner un peu plus. Roger et Joanne ne s'aperçoivent de rien. Guy remonte sa main jusqu'en haut de ma cuisse, à l'intérieur, là où la peau est la plus fine, où les sensations sont décuplées, où la moindre caresse prend une ampleur érotique. Mon émoi se transforme en désir charnel profond, mon cœur s'emballe et ces caresses secrètes, juste en face de nos hôtes, m'excitent encore plus. Les doigts de Guy frôlent maintenant mon sexe à travers le tissu trempé de ma culotte et appuient subtilement sur les régions les plus sensibles.

Brusquement, Roger et Joanne se lèvent de table et lancent un joyeux : « Allez... On y va ? »

Je sursaute, en arrachant littéralement la main de Guy d'entre mes cuisses. Ne sachant que faire et penser, j'attends la suite des événements...

« Allez, Guy, Sophie ! On va se baigner, non ? »

Se baigner à cette heure ? Mais quelle heure est-il ? Un coup d'œil à la pendule : déjà minuit et demi !

Trois minutes plus tard, Roger et Joanne se déshabillent à côté de la piscine, Guy hésite, certainement en raison d'une érection pas tout à fait calmée...

« Mais je n'ai pas de maillot ! » ai-je lancé. J'avais beau avoir très envie de Guy, je n'en restais pas moins pudique !

« Pas besoin de maillot entre nous ! » rétorque Roger.

Joanne, plus fine psychologue, me propose de me baigner en sous-vêtements, ce qui me semble un choix envisageable. Je me retrouve donc en culotte (j'ai osé retirer mon soutien-gorge), entourée de deux hommes que la nudité ne gêne pas.

Joanne est plus lente, mais finit par se dénuder complètement aussi. Sa peau, partiellement bronzée, laisse paraître les traces du maillot, et la lune illumine ses fesses fermes. Son pubis noir tranche sur sa peau blanche et forme un fin triangle qui surmonte fièrement un mont de Vénus soigneusement rasé. Elle se jette à l'eau. Seule sur le bord de la piscine, je m'amuse à regarder les hommes crier comme des enfants. Joanne, quant à elle, nage tranquillement à l'écart. Je plonge. L'eau est agréablement bonne. C'est un plaisir que de nager, la nuit, dans cette piscine illuminée par les projecteurs immergés. Il fait encore 25 °C dehors, mais l'eau est restée à 28 °C. Le bonheur !

Je progresse sous l'eau et, en relevant la tête, j'aperçois Joanne. Sa brasse est parfaite, mais je ne m'attendais pas à ce spectacle. Ses jambes s'écartent largement, me laissant une vue imprenable sur son anatomie. Malgré le flou provoqué par l'eau, je peux distinguer ses grandes lèvres qui s'ouvrent au rythme de ses jambes. Dépouillée de toute pilosité à cet endroit, Joanne me dévoile le rose de son intimité, me laissant deviner jusqu'à son clitoris, sagement caché sous son petit capuchon, mais dont je perçois l'infime repli. Je suis très troublée... En ressortant de l'eau pour mieux y replonger, Roger ne manque pas de me faire remarquer ironiquement que la culotte blanche que j'avais gardée par pudeur ne servait plus à grand-chose. En effet, une fois mouillée, collée contre ma chair, elle ne faisait que souligner et ressortir ma toison à travers son tissu. Un repli venait s'annoncer entre mes grandes lèvres, moulant ma vulve comme pour mieux la montrer. Consciente du ridicule de la situation, je me débarrasse non sans difficultés de ma culotte mouillée qui colle à ma peau, à la vue de tous. À vouloir me cacher un peu, je m'étais donnée en spectacle !

Confuse et un peu en colère contre moi-même, je replonge dans l'eau. Après quelques brasses paresseuses, Guy me rejoint bientôt pour me serrer tendrement et m'embrasser. Je lui rends son baiser amoureusement, flottant légèrement dans l'eau, portée dans ses bras. J'ai le dos appuyé contre le rebord de la piscine. Immergée jusqu'à la poitrine, je me sens bien. Je bascule mon bassin et enlace son corps de mes jambes. Son sexe qui frôle ma peau se gonfle immédiatement et ses mains caressent déjà mes seins. Gênée, je jette un œil vers Roger et Joanne et les aperçois accolés amoureusement comme nous. Eux aussi s'embrassent. Les mains de Guy courent sur tout mon corps, le faisant vibrer. Je sens son sexe fièrement dressé, collé contre mon bas-ventre, qui palpite d'excitation. Sa main caresse mes fesses. Et si Roger et Joanne nous voyaient ? Je tourne la tête vers eux...

Roger s'est placé derrière elle, son torse plaqué contre son dos, ses mains l'enlacent et tâtent franchement ses petits seins tendus. Joanne se tourne alors face contre le bord de la piscine, se retenant de ses mains. Elle s'allonge à plat ventre dans l'eau en écartant les cuisses, laissant ainsi la place à Roger de venir tout contre elle, tout en elle. Il ne se fait pas prier : la maintenant avec ses mains glissées sous son bassin et caressant, j'imagine, son clitoris offert, il se tient debout entre ses cuisses et la pénètre au même instant où je sens le sexe de Guy forçant doucement et délicieusement mes chairs intimes, pour s'introduire au plus profond de moi. Un cri de plaisir s'échappe de ma gorge. Je ne peux détacher mon regard de nos amis. Durant l'étreinte, tant Roger que Joanne changent de position pour mieux nous voir. Me sentir ainsi livrée à leurs regards, même s'ils ne voyaient pas grand-chose, me gêne horriblement... tout autant que cela m'excite! Guy le comprend et me fait asseoir sur le bord de la piscine. Je suis maintenant complètement hors de l'eau. Mes pieds reposent sur les épaules de mon conjoint, les cuisses très écartées, et, délicatement, ses lèvres rencontrent ma vulve et sa langue, mon clitoris. Il me dévore tout entière, chatouillant ici, léchant là, goûtant ailleurs... Je sens sa langue courir et presser mon clitoris, s'annoncer à l'entrée de mon vagin, se délectant de mon jus d'amour.

Entre deux décharges de plaisir, j'aperçois Joanne et Roger qui sont maintenant sur les marches de la piscine. Elle le chevauche, à moitié allongé dans l'eau. Tout en s'embrochant profondément sur lui, Joanne m'exhibe son minou dont la toison est bien entretenue: elle l'avait rasé pour que seul son mont de Vénus soit encore recouvert d'un triangle fin qui mourait là où naissaient ses grandes lèvres. Elle me regarde avec un sourire de bonheur et de complicité mélangés, et laisse ses doigts jouer avec son bouton. De l'autre main, elle presse doucement ses petits seins qui pointent fièrement vers moi leurs mamelons tendus. C'en est trop! Je succombe à un orgasme d'une extraordinaire violence qui me laisse à bout de force sur le bord de la piscine. La tête me tourne et il me faut un long moment pour m'en remettre. Guy, qui m'a rejoint hors de l'eau, caresse amoureusement tout mon corps du bout de ses doigts. Il s'allonge sur le dos et m'invite à imiter Joanne.

Joanne, à un mètre face à moi, frotte énergiquement son clitoris et parvient à rejoindre Roger dans un orgasme simultané qui semble électrifier leurs corps de plaisir. Guy suit peu après et je sens sa chaude liqueur envahir mon bas-ventre tandis qu'il étouffe des cris de plaisir. Des regards et des sourires s'échangent alors entre nous, et je crois que chacun sent qu'une intense et tendre complicité s'est établie. Roger ayant eu la bonne idée d'aller chercher deux grandes couvertures, nous restons allongés une bonne heure sur le gazon longeant la piscine, sans rien dire, chacun caressant tendrement sa tendre moitié.

Je pense à cette fabuleuse aventure, car l'excitation n'est pas complètement retombée. Je revois les doigts de Joanne caresser son sexe… et cette image m'excite. J'aurais aimé pouvoir la toucher, la caresser. Entre rêve, fantasme et réalité, mon esprit se perd et mon sexe encore humide s'arrose de nouveau. Je passe le reste de la nuit perdue dans mes pensées, rejointe par mes fantasmes, enivrée par notre expérience commune. Mes mains se plaquent sur mon sexe, mes doigts glissent entre mes lèvres, me retenant infiniment dans une profonde excitation. Mes caresses s'amplifient alors que j'imagine Joanne, chevauchant pareillement Roger, se pencher vers moi et plonger sa bouche dans mon sexe offert. Je me réveille en sursaut. Mes doigts, trempés, touchent encore à mon clitoris. Le souffle court, le désir violent, je sens que mon sexe, mes fesses et mes cuisses sont également mouillés de plaisir. Je me résous à monter me doucher et me lève en prenant soin de ne réveiller personne. Je me dirige, entièrement nue, vers la maison. La pendule du salon indique 2 h 39. Dans la douche, la douceur et la chaleur de l'eau glissent sur moi comme une caresse. Je ne peux m'empêcher de maintenir plus que nécessaire le jet de l'eau sur les régions sensibles de mon corps, transformant ainsi chaque goutte d'eau en une infime excitation de mes zones érogènes. Et bientôt, les cuisses grandes ouvertes, je ne dirige le jet plus que sur ma vulve, plus que sur mon clitoris. Incontrôlable, mon bassin ondule pendant que deux de mes doigts s'infiltrent dans mon vagin. Les yeux fermés, je ne pense plus qu'aux sensations qui semblent se bousculer dans mon esprit. Je ne retiens plus les gémissements qui s'échappent de ma gorge, recherchant au plus profond de moi chaque once de plaisir.

C'est ainsi que Joanne m'a surprise en pénétrant discrètement dans la salle de bain. Après m'avoir observée un moment et s'être masturbée également devant mon spectacle involontaire (ce qu'elle m'avouera plus tard), elle ne peut se retenir de poser ses mains sur ma poitrine. Je hurle et bondis de terreur et de surprise. Joanne ne me laisse pas le temps de marmonner quelque absurde excuse: «Tu es si belle comme ça, laisse-moi t'aider...» Joignant le geste à la parole, ses mains, toujours doucement posées sur mes seins, coulent le long de mon ventre. Ses doigts glissent tout contre mes doigts, écartent largement mes grandes lèvres pour bien découvrir mon clitoris qu'elle masse délicatement. Des décharges de plaisir secouent mon corps. Joanne est à genoux devant moi, sa main droite caressant mon sexe et sa main gauche s'étant réfugiée entre ses cuisses. Bientôt, elle plonge son visage contre mon sexe dégoulinant, où chaque vague de plaisir qui déferle me rapproche un peu plus d'un autre orgasme.

Je sens sa langue adroite qui joue avec chaque millimètre de mon corps. M'efforçant de refaire surface, je glisse du bord de la baignoire pour m'effondrer à terre. Mes mains rencontrent le corps de mon amante, de mon aimante... de mon aimant. Attirées par son corps, elles se placent contre son cou. Je les laisse glisser sur ses épaules vulnérables, caresser ses seins, s'y attarder un moment. Menus et fermes, comme tendus vers moi, ils m'invitent à les prendre, à les caresser, à les palper. Joanne caresse maintenant très doucement mon ventre, mes cuisses, mes fesses, mon sexe, jouant avec les agitations de mon bassin, qui, tel un volcan, semble attendre l'explosion de mon plaisir. Mes mains ayant parcouru son corps se préparent à découvrir le fruit défendu. Joanne écarte ses cuisses. Ses lèvres, dépourvues de toute pilosité, à demi ouvertes, laissent apercevoir le rose de ses chairs remplies de désir. Curieuse et gourmande, j'y plonge mes doigts pour découvrir pour la première fois, et avec beaucoup d'émotion, un sexe féminin qui n'est pas le mien. Mon majeur, glissé entre ses grandes lèvres, coule contre la peau fine et douce le long de son sexe et joue à l'orée de sa grotte d'amour. Soudain, une vague, plus forte que les autres, me submerge un instant. Je pers le contrôle, les pédales... Joanne pénètre mon vagin de deux ou trois doigts tandis que ses lèvres aspirent mon bouton, que sa langue, dans sa bouche chaude, agace de plus belle. Je sens mon corps tout entier vibrer. Ça monte en moi, puissant, violent. Je me mets à trembler comme une feuille et Joanne continue de plus belle ses caresses, excitée de me voir jouir, de me faire jouir.

Enfin, une secousse sismique se déclenche en moi, dont l'épicentre est mon clitoris. Un orgasme puissant, profond, doux qui dure longtemps. Ma tête tourne, mon corps ondule, mon sexe explose... Puis, c'est le noir... Je crois que j'ai perdu un moment connaissance. J'ouvre les yeux, dans un état second. Nous restons là encore longtemps à faire l'amour tendrement. Joanne et moi jouissons plusieurs fois. Au petit matin, nous rejoignons nos époux respectifs, trop heureuses pour nous sentir honteuses, ni même coupables. Trop épuisées pour ne pas nous écrouler immédiatement dans un sommeil profond ! Trois petites heures plus tard, nous nous retrouvons tous les quatre autour d'un petit déjeuner des plus copieux.

Quand Guy finit par nous confier, entre deux croissants : « Ce fut la plus belle soirée de ma vie ! », je vois l'œil de Joanne s'illuminer et, partageant un sourire complice, nous répondons tous ensemble : « Nous aussi... »

Le colporteur

Aujourd'hui, c'est l'anniversaire de Sophie, ma conjointe. J'ai pris mon après-midi afin de pouvoir savourer tranquillement notre repas au restaurant. Nous avons commencé par le champagne, un grand cru. Trente ans, c'est le bel âge pour une femme, ça se fête ! La bouteille nous a suffi pour tout le repas. Puisque c'est un jour de semaine, le restaurant fait surtout des repas d'affaires, je n'ai pas fait servir le gâteau avec les bougies et tout le tralala, puis nous sommes rentrés à la maison pour le traditionnel gâteau qui nous attendait. Sophie est resplendissante dans son tailleur noir foncé qui convient très bien à son teint foncé. Elle prépare le café, j'allume les bougies sur le gâteau et je dépose sur la table le cadeau que je lui destine.

« Guy, tu devrais installer le caméscope pour filmer l'événement. »

Je trouve un endroit pour poser le caméscope, et… moteur!

Sophie dispose le café et s'assied.

«Joyeux anniversaire, Sophie!»

Ma conjointe commence par souffler ses trente bougies et nous sert une part de gâteau, puis elle déballe son cadeau: un bracelet que je l'avais vu regarder avec attention et envie, il n'y a pas très longtemps, lorsque nous étions passés devant la bijouterie. J'avais vu juste. Elle est enchantée. Nous finissons de débarrasser la table et je commence à lui flatter les hanches lorsque le carillon de l'entrée retentit. Qui cela peut-il être? Nous n'attendions personne cet après-midi. Sophie se lève et va dans le vestibule, puis j'entends une discussion. Probablement un représentant quelconque. En effet, ma conjointe revient en maugréant:

«Ah! Ces colporteurs, ils s'imaginent qu'on attend leur passage pour s'acheter quelque chose!»

Elle se rassied, et je la vois rêveuse.

«Alors, qu'est-ce que c'était?

— C'était un Noir qui vendait des bricoles artisanales africaines.

— Rien d'intéressant?

— Si, lui!» me dit Sophie en reprenant son air rêveur.

Je réalise que ma conjointe m'a déjà raconté que, depuis son adolescence, elle a toujours fantasmé sur les Noirs. Elle ne rêvait pas de prince charmant qui approchait sa bouche de la sienne pour la réveiller, mais plutôt d'un beau Noir tout nu qui la réveillait en posant son gland noir sur ses lèvres roses. Avait-elle succombé à la légende selon laquelle les Noirs seraient monstrueusement équipés sexuellement? Avait-elle été charmée par un acteur ? Je n'en savais rien et elle non plus. Toujours est-il qu'il me vient une idée. Puisque c'est son anniversaire, je vais essayer de convaincre le colporteur de revenir et de montrer son sexe à Sophie. Ainsi, je réaliserais le vieux rêve de ma conjointe et ce serait un cadeau d'anniversaire inattendu dont elle se souviendra.

« Ne bouge pas, je reviens. »

Je me précipite dans la rue, je rattrape sans peine le colporteur qui se dirige vers la maison voisine. En effet, il est plutôt bien bâti. Je lui explique la chose, on jase un peu, je lui glisse un billet, il est d'accord. En revenant sur nos pas, il me dit qu'il vient du Cameroun et qu'il s'appelle Charles. Quand nous rentrons à la maison, Sophie est pour le moins médusée, mais je ne lui laisse pas le temps de se poser trop de questions, je lui dis que pour son anniversaire Charles va lui montrer son sexe. Surprise, Sophie reste sans voix, mais je remarque son œil qui se fait gourmand et un sourire qui s'ébauche.

C'est alors que Charles nous dit :

« Je veux bien vous montrer mon sexe mais si vous voulez me voir bander, il faut que la dame me montre ses seins. »

Sophie se tourne vers moi, mi-inquiète, mi-suppliante. Maintenant que je lui ai mis cette idée en tête, je vois qu'elle meurt d'envie de voir ce beau gars lui exhiber son sexe et en pleine érection, bien sûr.

« Je sais que c'est ton rêve, je suis d'accord pour que tu lui montres ta poitrine pour le faire bander. »

Sans un mot, Sophie se lève et sans excitation ni précipitation, elle enlève la veste de son tailleur. Comme je m'en doutais, elle ne porte sous sa veste rien d'autre que son soutien-gorge. Même dans cette tenue, ma douce moitié fait déjà bander

Charles qui ne peut dissimuler la bosse qui se dessine dans son pantalon.

« J'enlèverai mon soutien-gorge quand tu auras enlevé ton pantalon.

— À vos ordres. »

Charles déboucle sa ceinture, ouvre sa braguette et enlève son pantalon. Il est maintenant visible qu'il est en érection. L'engin paraît de bonne taille mais pas énormément plus important que le mien. Cela me rassure !

Sophie enlève son soutien-gorge, faisant apparaître sa poitrine. Ses seins emplissent largement mes mains et font mon bonheur. D'une caresse rapide, elle passe sur ses seins comme pour les défroisser après les avoir libérés du soutien-gorge. Ce faisant, les aréoles brunes se contractent et ne font plus qu'un avec les tétons qui pointent fièrement.

Charles apprécie le spectacle qui lui est offert. Je ne sais pas si c'est la simple vue de la poitrine de ma conjointe ou la situation particulière, mais je bande effrontément.

« Ça suffit ! Maintenant, c'est à mon tour de déballer mon cadeau. »

Joignant le geste à la parole, Sophie s'approche de Charles et, s'emparant de la ceinture de son slip, le fait descendre jusqu'à mi-cuisse. C'est suffisant, car l'engin est superbement offert à nos regards. Sophie recule légèrement pour mieux voir ce sexe noir dont elle rêve depuis si longtemps. Elle le dévore des yeux.

Charles se débarrasse de son slip et fait un tour sur lui-même pour bien s'exhiber.

« La dame peut toucher, mais ce sera un billet supplémentaire ou alors la dame me montre aussi son sexe. »

Je mets la main dans ma poche pour sortir un billet quand Sophie me retient le bras.

« Guy, tu m'as fait un immense plaisir en me permettant de voir en vrai un sexe noir, mais il est à portée de ma main, ça me ferait plaisir de le tâter et de le palper.

— D'accord, c'est vrai, c'est une occasion exceptionnelle. Il serait dommage de ne pas en profiter.

— Alors, ne lui donne pas son billet, mon plaisir n'en sera que plus grand si j'ai les fesses à l'air. Mais il faut qu'il enlève aussi sa chemise, je veux le voir entièrement nu.

— Pas de problème », dit Charles qui enlève sa chemise et fait à nouveau un petit tour pour nous montrer qu'il est bien bâti.

Sophie, à son tour, ôte sa jupe et apparaît en string, porte-jarretelles et bas, le tout assorti en marron clair comme son soutien-gorge. Elle est superbe. Elle a un petit instant d'hésitation, nos regards se croisent, je perçois son excitation, et prestement, elle se débarrasse de son string, puis pivote elle aussi pour nous montrer sa chatte épilée. Je suis quand même troublé, je n'ai jamais vécu ni même imaginé une telle situation depuis que je suis avec Sophie. Je ne sais si c'est parce que ma conjointe contemple le sexe d'un autre homme et va même le toucher ou si c'est parce que ma Sophie est là, nue, offerte au regard d'un autre homme. Charles paraît admiratif et heureux de l'aubaine.

Sophie s'approche et pose la main sur ce bel engin, puis doucement fait glisser sa main pour découvrir le gland. Elle s'arrête un instant pour apprécier cette vision, puis sa main continue à descendre jusqu'aux couilles qu'elle soupèse l'une après l'autre. Elle prend maintenant cette bitte à pleine main et en apprécie la dimension et la rigidité, puis elle décalotte entièrement le gland qu'elle caresse maintenant avec son autre main.

« Tu peux me caresser aussi avec tes seins », propose Charles.

Sophie s'incline et présente un sein à hauteur du pénis de l'homme. Elle commence à promener l'engin autour du téton, elle recommence le manège avec l'autre, puis maintenant fait glisser le sexe entre les deux seins. Je n'y tiens plus, je me mets à poil moi aussi et après avoir caressé la croupe de ma femme, je passe ma main entre ses cuisses. Elle est trempée et brûlante. Je vais et je viens, le bout de mes doigts agaçant à chaque mouvement son clitoris. À la façon dont elle se prête à cette caresse, cela montre qu'elle vient à point. Pendant ce temps, le pénis de Charles est dirigé vers le visage de Sophie qui passe sa joue du gland aux couilles, puis elle remonte son visage, caresse le gland de son menton et passe à l'autre joue. Mais cette fois, quand elle a redressé son visage, le gland n'est pas glissé sur son menton mais sur ses lèvres. Je continue à lui dévorer l'entrecuisse et à glisser un doigt dans sa chatte pendant que, de l'autre main, je lui titille le clitoris.

Quand j'ai vu que sa bouche rose effleurait ce gland noir, je me suis dit que ma femme n'y résisterait pas et qu'elle allait le sucer. Mais si elle le suce, alors je l'encule. En fait, nous ne pratiquons pas la sodomie, Sophie n'a jamais refusé que je l'encule mais chaque fois que j'ai tenté l'expérience, je ne suis jamais parvenu à mes fins ; c'est à peine si j'ai pu faire pénétrer la moitié de mon pénis. Ma conjointe promène le gland sur ses lèvres et y dépose des baisers, puis aux testicules. Sa bouche est maintenant entrouverte et remonte le long de la bitte ; ses lèvres entourent le gland, je ne la vois pas mais je sais d'expérience que sa langue ne reste pas inactive dans ce cas-là. Et voilà que Sophie vient d'engouffrer totalement le pénis. C'est dit, je l'encule ! Je commence par retirer mon doigt de sa chatte et je lui introduis dans l'anus. Cela se passe bien, Sophie a continué d'engloutir le sexe de Charles, ou plutôt ce qu'elle a pu enfourner, et commence le va-et-vient de sa bouche. Je fais aller et venir mon doigt dans son petit trou et maintenant, je présente à cette entrée mon engin qui attend cela avec impatience, et hop ! rien du tout ! J'y retourne, je pousse, je lui mets mon pénis dans la chatte pour lubrifier, je recommence, toujours rien. Je remets un doigt dans l'anus, j'essaie de nouveau d'y introduire mon pénis, rien à faire. Pendant ce temps, la bouche de Sophie coulisse agréablement sur ce sexe noir qu'elle fait apparaître et disparaître comme par magie. Charles, qui comprend que j'ai un gros problème avec la rondelle de ma femme, me propose :

« Je peux peut-être te venir en aide. As-tu du lubrifiant, de la vaseline ou de l'huile d'olive ?

— Oui, je dois avoir ça, je vais voir. »

Je me précipite à la cuisine, je verse de l'huile d'olive dans une tasse et je reviens aussitôt. Charles, qui se fait toujours pomper la tige, me demande de prendre sa place. Ma conjointe libère le sexe de Charles et se redresse.

« Qu'est-ce que vous manigancez tous les deux ?

— Tu as entendu, Charles propose de faire quelque chose pour que je puisse enfin pénétrer ton anus. Tu n'es pas contre cela ?

— Non, mais on a déjà essayé.

— Justement, c'est probablement que je m'y prenais mal.

— Mais Charles, que vas-tu me faire ?

— Ne t'inquiète pas, j'ai déjà eu ce problème et je sais comment résoudre cette situation, ce n'est pas douloureux et si tu as mal, tu le dis et j'arrête aussitôt.

— Bon, essayons ! »

Sophie ne paraît pas convaincue de l'intervention de Charles, mais s'empare de mon dard et l'engloutit dans sa bouche sans autre préambule tout en me tripotant les couilles.

Charles trempe deux doigts dans l'huile d'olive et en introduit un dans l'anus de Sophie. Il le fait aller et venir doucement tout en décrivant un cercle comme pour arrondir la rondelle, puis il retire son doigt et masse l'anus du bout de deux doigts en appuyant de plus en plus sa caresse comme pour les faire entrer. Il poursuit son massage de haut en bas et de droite à gauche, afin d'assouplir l'entrée. Sophie ne semble pas en souffrir, au contraire, elle me suce avec ardeur. Charles introduit ses deux doigts et doucement pénètre ce petit trou rebelle. Il recommence ses va-et-vient tout en tournant et retire ses doigts pour recommencer le massage de l'entrée. Il trempe maintenant ses deux pouces dans l'huile et posant une main sur chaque fesse, il les écarte et introduit ses deux pouces dans le trou du cul de Sophie. Il les fait pénétrer entièrement et commence à les bouger dans l'anus, l'un vers le haut, l'autre vers le bas, l'un qui rentre et l'autre qui sort, tout en les écartant l'un de l'autre insensiblement et progressivement.

Sophie, qui a marqué un temps d'arrêt quand Charles a introduit ses deux pouces, reprend le pompage de mon pénis. Charles écarte et rapproche ses pouces comme s'il jouait avec un élastique. Effectivement, l'anus semble assoupli : il s'ouvre et se referme suivant le mouvement des pouces.

Le moment doit être venu, car Charles badigeonne sa bitte avec de l'huile et l'approche de l'orifice. Il est maintenant à son contact, il pousse et son gland pénètre Sophie qui cesse tout mouvement et reste la bouche ouverte autour de mon dard. Charles continue à pousser et s'introduit doucement mais sûrement. Sophie referme sa bouche, mais n'a pas repris les mouvements ni la succion ; elle doit savourer la jouissance de sentir son anus enfin perforé et empli par une bitte et, qui plus est, une bitte noire.

Patiemment, Charles réussit à fourrer sa queue jusqu'aux couilles dans l'anus de ma conjointe qui, se sentant comblée, recommence à me sucer et à me titiller le gland avec sa langue.

La bitte noire réapparaît entre les deux fesses blanches, puis s'y enfonce de nouveau lentement. Après quelques va-et-vient, Charles se retire.

« Guy, tu peux y aller maintenant, mission accomplie.

— Ça me fait plaisir, depuis le temps que j'en rêvais.

— Tout le plaisir a été pour moi, dit Charles.

— Et moi, vous m'oubliez, si vous saviez le plaisir que j'ai pris quand sa grosse queue m'a défoncé le cul. Quelle jouissance ! J'ai hâte de recommencer. Guy, enfonce vite ta queue dans mon trou.

— Avec joie !

— Si vous voulez, je peux doubler votre plaisir, dit Charles, en présentant à ma femme une chaise pour qu'elle puisse s'y appuyer. Vas-y, Guy ! Encule ta femme, tu en as envie depuis si longtemps ! »

Je ne me fais pas prier et je plante mon dard entre les fesses de Sophie. Quel bonheur de sentir ma queue pénétrer enfin son cul tant désiré ! Je vais et je viens dans cet endroit serré. Charles, que j'avais oublié, se rappelle à mon bon souvenir en introduisant son doigt dans mon anus. Je m'arrête, interloqué, puis je reprends mon mouvement en me disant qu'après tout son idée n'est pas mauvaise ; c'était cela qu'il voulait dire en parlant de doubler notre plaisir. C'est vrai qu'en faisant l'amour avec Sophie, il lui arrivait de me branler l'anus en y introduisant un ou deux doigts et ce n'était pas pour me déplaire. Un second doigt a rejoint le premier ; l'affaire devient sérieuse. La main de Charles s'est immobilisée de telle façon que lorsque je m'introduis totalement dans le cul de Sophie, je me libère des doigts de Charles et inversement, quand je ressors des fesses de ma femme, je m'empale sur les doigts immobiles. Je n'ai pas le temps de bien apprécier que déjà Charles retire sa main et je sens sa bitte à l'entrée de mon anus. Je suis engagé jusqu'aux testicules dans le cul de Sophie qui, ayant deviné ce qui arrivait, encourage Charles à me faire connaître le plaisir de se faire défoncer le cul, de se faire bourrer à fond. Charles ne s'en prive pas. Je sens sa bitte m'éclater l'anus et me pénétrer à tous les coups ; elle se rend maître des lieux, je sens sa progression irrésistible dans mon intérieur jusqu'à ce que son ventre vienne buter contre mes fesses. Sophie bourrée à fond d'un côté et moi de l'autre, c'est une jouissance indéfinissable.

Charles commence à se retirer lentement. Quand il ne reste plus que son gland dans mon anus, il s'arrête, pose ses mains sur les hanches de ma femme et reste immobile. Pour retrouver tout l'enculage, d'un mouvement de recul je m'empale sur ce sexe tendu et par le même mouvement, je me retire des fesses de Sophie qui, retenue par les mains de Charles, reste elle aussi immobile. Dans cette position et selon mon mouvement, à l'aller je m'embroche sur la bitte de Charles, et au retour j'encule Sophie. Je fais donc pénétrer le sexe de Charles au plus profond de mon cul, puis je bourre à fond ma femme qui m'encourage. Nos bittes coulissent comme s'il s'agissait d'une seule et même tige sur laquelle l'anus de ma femme et le mien sont empalés. Sophie ne reste pas de marbre ; d'une main experte, elle joue avec sa chatte, titille son clitoris et met quelques doigts dans son vagin, passant de l'un à l'autre avec frénésie. Je sens ses orgasmes quand son anus se resserre sur ma bitte comme pour la retenir prisonnière de ses fesses. Je me déchaîne d'avant en arrière, à la fois enculeur et enculé, puis ma jouissance éclate. J'éjacule par giclées interminables dans le cul de ma femme. Quel pied ! Charles ne reste pas immobile, il me bourre à fond et je crois qu'à son tour il va éjaculer. Sophie l'a senti aussi.

« Non, Charles, ne décharge pas dans son cul, c'est mon cadeau d'anniversaire. Je veux te sentir gicler dans ma bouche, je veux me gaver de ton foutre. »

Tout en disant cela, Sophie se dégage de ma bitte, bouscule Charles pour l'extraire de mes fesses et s'empare de son sexe pour l'engouffrer aussitôt dans sa bouche. Elle suce, aspire, lèche. Mais il n'en fallait pas tant pour Charles qui éjacule dans le fond de sa gorge. Elle déguste son foutre, giclée après giclée.

C'est fini, la fièvre est tombée. Sophie tient dans sa main ce sexe, cadeau d'anniversaire, qui a perdu de son ampleur. Charles passe deux doigts entre les fesses de ma femme et tâte son anus.

« Il est maintenant bien souple et accueillant, mais Sophie devra entretenir cette souplesse.

— Comment cela ?

— En portant de temps en temps un *olisbos*.

— Un quoi ?

— Un *olisbos*, un gode, un *dildo*, un pénis en plastique ! Il y en a de spéciaux pour le plaisir anal. Ce peut être pour se faire plaisir, pour se branler la rondelle, pour se défoncer le cul seul, ou pour faire l'amour et ressentir la jouissance d'une double pénétration. Dans ce dernier cas, il faut en utiliser un de la taille d'un sexe. Mais je voulais parler d'un modèle d'entretien, de taille légèrement plus petite qu'une bitte, qui s'utilise pour assouplir l'anus sans trop l'ouvrir pour qu'il reste encore la jouissance de la pénétration par l'homme mais sans trop forcer.

— Et comment cela se pratique-t-il ?

— Il n'y a pas de règle, c'est l'inspiration du moment. Certains modèles mains libres ont une forme étudiée pour rester plantés dans les fesses sans avoir besoin de les maintenir. C'est ce modèle que je te conseille, Sophie. Tu pourras te l'introduire, puis vaquer à tes occupations. D'ailleurs, plus tes occupations te feront bouger, plus tu ressentiras le plaisir de la présence de l'*olisbos*. Si tu le mets pour faire le ménage, si tu te contorsionnes pour passer l'aspirateur sous un meuble ou que tu te hausses pour épousseter le dessus d'une armoire, tu sentiras alors le gode bouger dans tes fesses selon tes mouvements. De quoi rendre les tâches ménagères plus attrayantes. Et quand Guy arrive, tu es prête pour lui offrir tes fesses et accueillir sa bitte pour le bouquet final. Mais tu peux aussi aller te promener, faire tes courses, pourquoi pas faire du vélo ou aller dans les discothèques te tortiller devant de beaux gars en ayant l'*olisbos* qui taraude ton anus. Tu m'en donneras des nouvelles si on se revoit un jour.

— C'est génial ! Où peut-on trouver ces trucs ? demande Sophie déjà excitée.

— Tu en trouveras dans toutes les boutiques érotiques, mais si tu ne veux pas aller dans ces magasins, tu en trouveras sur Internet. Mieux que cela, si tu veux être conseillée et voir avant d'acheter, j'ai deux copains qui vont à domicile pour présenter divers articles et expliquent comment bien les utiliser.

— Ah oui, c'est une bonne idée.

— Voilà leur carte. Tu les contactes et tu vois avec eux, mais je pense qu'ils te demanderont d'inviter deux copines. Tu comprends, ils se déplacent, alors ils préfèrent présenter leurs articles à plusieurs personnes plutôt qu'à une seule.

— Oui, bien sûr, je comprends. C'est un peu compliqué, mais je dois pouvoir résoudre ce problème.

— Quoi qu'il en soit, si tu les contactes, dis-leur que c'est de ma part, cela facilitera la discussion.

— Je n'y manquerai pas. »

Quelle aventure ! Nous reprenons petit à petit nos esprits. Charles a pris congé, nous ne le reverrons probablement pas, il poursuit sa route de commerçant itinérant dans l'Outaouais. C'est le silence maintenant, un faible ronronnement me rappelle que le caméscope, que j'avais mis en route pour filmer le gâteau d'anniversaire, tourne encore et a filmé la scène de nos ébats sexuels avec Charles. J'enlève la cassette et je la donne à Sophie.

« Je ne l'ai pas fait exprès, mais tout a été filmé. Voilà la cassette souvenir de cet anniversaire pas ordinaire.

— Guy, merci, cela a été fantastique, génial, en tout cas pour moi. Et toi, qu'est-ce que tu en penses ?

— Ton plaisir s'ajoute au mien, mais je suis encore abasourdi, tout a été si vite que je ne sais encore quoi penser de ce qui vient de nous arriver. Depuis notre mariage, je ne t'ai jamais trompée et tu m'as dit que tu m'étais restée fidèle. Alors, cette histoire me fait peur quand je vois comment le mariage est fragile, comment, dans certaines circonstances, on peut se laisser aller à ce qu'on n'aurait pas souhaité ou imaginé.

— Oui, mais je ne t'ai pas trompé, je n'ai pas fait l'amour avec cet homme, mon sexe n'a pas accueilli le sien, et puis cela ne s'est pas passé à ton insu, nous étions d'accord. En plus, c'est toi qui as demandé à Charles d'exhiber sa bitte sous mon nez, et tu sais que je ne suis pas de bois.

— Évidemment, mais…

— Écoute, depuis trois ans que nous sommes ensemble, nous n'avons jamais éprouvé le besoin d'aller voir ailleurs, mais ce qui vient de se passer me dit qu'il faudra peut-être y réfléchir.

— Mais Sophie, qu'est-ce que tu racontes là ? »

Les menottes

Nous poussons la porte de notre chambre, mon conjoint et moi, en riant. La soirée est un peu arrosée et l'ambiance se fait complice. Mon homme retire sa veste et la pose sur le lit. Je me blottis entre ses bras et il me serre affectueusement. Nous nous embrassons, d'abord tendrement, puis, peu à peu, j'ajoute de la fougue dans notre baiser. Ses mains descendent le long de ma robe longue et atteignent mes fesses. Il les prend et les tripote de manière peu équivoque. Je recule d'un pas et le fixe dans les yeux. Je lui lance un regard fiévreux. Je défais le premier bouton de son col de chemise et tire sur sa cravate, afin qu'il rapproche son visage du mien. Puis je lui déclare, d'une voix empreinte de sensualité :

« J'ai une grosse surprise pour toi, Guy. Promets-moi de te laisser faire et je te promets, en échange, une soirée inoubliable…

— Hum… ton programme me ravit. J'accepte volontiers. Que dois-je faire ?

— Ne bouge pas. Obéis-moi. »

Je pose mon majeur sur sa bouche et le fais asseoir sur notre lit. Je me dirige vers le bureau en me trémoussant. Je sens son regard se coller sur mes fesses. Je me saisis de la chaise de bureau, toute simple et classique. Je la place au milieu de la pièce, sans détacher mes yeux des siens et dans lesquels je perçois une lueur de curiosité grandissante. Ensuite, je reviens vers lui. Je l'embrasse à pleine bouche, mes mains caressant son corps jusqu'à se poser sur son entrejambe. Son pantalon a du mal à cacher une bosse naissante. À travers le tissu, je me saisis de sa raideur, l'enserre dans ma paume et entame un léger va-et-vient. Quand la respiration de mon partenaire se fait plus difficile, je lâche son renflement. Il tente de me toucher, mais j'attrape ses avant-bras.

« N'oublie pas ta promesse. Laisse-toi faire. »

Ma voix est plus complice qu'autoritaire. Il tente d'ouvrir la bouche, puis se ravise.

Je dénoue lentement sa cravate et la fais glisser de son cou au mien, puis la laisse tomber à terre. Ma bouche est à quelques centimètres de la sienne. Je peux sentir son souffle qui devient peu à peu irrégulier lorsque j'entreprends de défaire sa chemise bouton par bouton, dévoilant son torse. Une fois ouverte, je passe ma main à l'intérieur, son cœur bat rapidement, sa peau est chaude. Ma main longe son ventre et s'arrête sur la ceinture de son pantalon. Ses yeux étincèlent quand je la desserre. Une fois retirée, je descends la fermeture éclair de son pantalon. Toujours le silence. Je passe malicieusement ma langue sur mes lèvres.

« C'est bien, reste sage… »

Je le débarrasse de sa chemise. Je pose mes mains sur son torse, je le caresse et j'apprécie sa musculature virile. Peu à peu, mes mains se rapprochent de leur but: son pantalon. Je fais sauter le bouton du haut et du coup, son caleçon jaillit, déformé par une importante bosse. Je suis à genoux et l'aide à retirer son pantalon. Je prends bien garde de ne pas lui enlever tout de suite son caleçon. Je place mes mains sur ce fin tissu, son sexe frissonne. Je branle sa verge à travers le caleçon. Le résultat ne se fait pas attendre: mon conjoint commence à laisser sortir de discrets râles.

C'est le moment de lui faire signe de se lever et de prendre place sur la chaise. Mais au passage, je prélève une petite taxe. Je lui abaisse son caleçon, son sexe est enfin à l'air libre. Il est tendu, fièrement dressé, une petite goutte naissante sur son gland. Je prends bien soin de ne pas toucher son pénis mais juste de l'effleurer.

« Tu vois, mon chéri, voilà la seconde partie de notre petite soirée. Assieds-toi et profite... »

Il s'assoit, toujours aussi docile, car la situation l'excite au plus haut point, je le lis dans ses yeux. Une fois de plus, je lui tourne le dos et je me déhanche de façon envoûtante. Merci à ma robe de soirée qui épouse mes formes et mes fesses pour l'occasion! J'ouvre un tiroir de la commode et en sors un petit sac, puis je reviens vers mon spectateur attentif. C'est un petit truc pour m'assurer sa sagesse. Au même moment, je sors du sac une paire de menottes décorées de plumes, je me mets à ses pieds et lui attache les chevilles à la chaise. À chaque « clic », je sens comme une décharge électrique qui frappe mon homme et son souffle stoppe net. Ensuite, ses poignets subissent le même sort. Il est tout à moi et, surtout, tout attaché. Il a un sourire impatient et sa verge semble gonfler de plus belle. Que la surprise commence!

Je me place à quelques pas devant lui, en retrait. Il me dévore des yeux et il tire un peu sur les menottes, histoire de bien comprendre la situation. Je balance mes hanches de gauche à droite, sur un rythme improvisé. Je me caresse au-dessus de ma robe. Le ventre, les seins, de manière de plus en plus sensuelle et chaude. Mes yeux se fichent dans les siens. Délicatement, je joue avec les bretelles de ma robe. J'en fais glisser une, mon épaule nue se dévoile devant son désir grandissant. La seconde ne tarde pas à glisser, elle aussi. Ma tenue découvre à présent mon buste et laisse imaginer la première courbure de mes seins. Je tire sur l'étoffe jusqu'à mon nombril. Mon observateur ne peut retenir une petite exclamation. Je m'approche de lui, passe une main derrière sa nuque et lui plonge la tête dans mon décolleté.

Lorsque sa langue tente vainement d'aller plus en profondeur, je me retire et recommence mon strip-tease. J'ondule mon corps et prends des poses coquines. J'abaisse ma robe peu à peu et il découvre l'intégralité de mon ensemble de dentelle noire, complété par des bas. Je jette ma robe à ses pieds, et me voici face à mon plus grand admirateur, qui tire de plus en plus sur les menottes. Je prends la pose, les mains sur les hanches comme une *pin up*. Je le regarde, ravie du résultat. Il a la bouche légèrement entrouverte, mais il n'arrive pas à exprimer le moindre mot. Je me rapproche de ma proie et me frotte contre sa peau. Mon string s'agite devant ses yeux, mes fesses se dandinent face à lui. Je pose mon entrejambe sur ses genoux, le remonte jusqu'à ses cuisses. Parfois, je le laisse en suspens juste au-dessus de son sexe.

Une goutte de sueur coule le long du front de mon chéri. Je l'embrasse à pleine bouche. Il m'embrasse maladroitement, sans doute perturbé par les événements.

Maintenant, je me positionne de telle façon que mon décolleté se trouve tout près de son gland toujours très gonflé. Je dégrafe mon soutien-gorge; mes seins, gonflés eux aussi par l'excitation, bondissent en avant. Je prends mon sein droit dans la main et pince légèrement mon téton, qui réagit aussitôt. Puis, je le dirige sur le membre de mon compagnon. Mon téton frôle son engin. Guy tremble de bonheur. Cette caresse fait s'agiter mon chéri sur sa chaise. S'il n'avait pas ses menottes, il sauterait à coup sûr sur moi.

« Oh ! C'est trop bon ! Vas-y, caresse-moi avec ton sein, c'est trop bon ! Où as-tu cherché ça ? »

Je passe mes seins sur ses testicules, puis j'enserre son engin entre ma poitrine. J'entame une savante branlette espagnole. Tout en douceur, pour ne pas le faire jouir tout de suite. Sa respiration est comme celle d'un petit chiot, tout agitée. Soudain, son corps se crispe un peu, je sais qu'il va craquer. J'arrête toute caresse, il tire comme un damné sur ses menottes.

« Ô mon Dieu ! Me laisse pas comme ça, c'est trop dur ! Mon bébé, je t'en supplie ! »

Comme unique réponse, j'attends qu'il cesse de gigoter inutilement sur sa chaise. Il n'aura rien, c'est trop tôt. Une fois qu'il est calmé, je me frotte de nouveau contre lui, présentant mes seins au bord de ses lèvres. Il les tète comme un bébé. Je décide ensuite de terminer mon effeuillage. Je lui tourne le dos et abaisse mon string, prenant bien soin de me pencher pour lui dévoiler mes fesses rebondies. Je me tiens face à lui, mettant une main pour cacher ma petite chatte tout excitée. Je lui fais sentir mon string pour qu'il voie aussi à quel point je suis mouillée. Il la respire, comme un loup cherchant sa proie. Mais il ne tarde pas à délaisser sa recherche, car il ne veut pas perdre une miette du spectacle que je lui offre.

En effet, mes doigts écartent ma vulve et cherchent un passage dans mon intimité. Je me masturbe devant lui, la paume de ma main imprimant un rythme lent sur mon clitoris et mes doigts s'enfonçant sans retenue en moi. Je suis trempée et je me branle fiévreusement maintenant, prise à mon propre jeu. Guy n'en perd pas un morceau. Sa langue roulant jusqu'à ses pieds, les yeux exorbités, prêts à tomber.

Cette petite séance s'intensifie par des petits gémissements coquins et sensuels. Je fais goûter mes doigts luisants de liqueur à mon homme ; il les lèche ou plutôt les dévore. Il est à point. Je m'assieds sur ses genoux, lui tournant le dos. J'entends le cliquetis des menottes et je ressens son souffle lourd s'abattre sur moi.

« C'est trop bien ! Détache-moi ! J'en peux plus ! Regarde dans quel état je suis ! »

C'est vrai qu'en jetant un coup d'œil sur son manche, je suis étonnée. Il paraît sur le point d'exploser, des veines apparaissent sur le côté, tendues par l'effort. Je lui donne un petit baiser et une caresse sur sa joue. Puis, je soulève mon fessier et me place de sorte que sa queue se cale entre mes fesses. Ainsi, je fais coulisser sa tige le long de mes fesses, une variante personnelle de la branlette espagnole. Quelle délicieuse sensation que de sentir la peau de son gland comme cela ! Je masse son sexe délicatement entre mes fesses ; son gland se fait dorloter. Mon chéri a l'air d'apprécier cette branlette, car il commence à bouger sur sa chaise et commence un petit va-et-vient. Parfois, il tente d'appuyer son gland contre l'ouverture de ma grotte intime. Mais je compte bien le faire saliver davantage.

D'une voix alléchante, j'incite et j'excite mon compagnon par des longs soupirs et des remarques suggestives. Il tremblote, surexcité, je peux presque entendre son cœur battre. J'arrête mon mouvement sur sa tige. Il n'aura rien... pas tout de suite. Je tombe à genoux et passe ma langue sur mes lèvres. Il comprend la suite du programme et sourit. Dès les premiers coups de langue sur son gland, il se laisse complètement aller. Il pousse des râles de satisfaction et de délivrance. Seule ma langue entre en contact avec son sexe. Je ne le prends pas en bouche. Je le lèche comme un bâtonnet glacé, ma langue partant de ses couilles et remontant jusqu'à son gland, titillant au passage son frein. Je fais tournoyer ma langue sur son bout. Je presse sur ses testicules pour faire dresser sa tige au maximum et je l'enfourne goulûment dans ma bouche. Je le suce fermement, en prenant bien soin de faire quelques pauses pour ne pas qu'il jouisse sur le coup. Néanmoins, il remue sur la chaise et les menottes montrent toute leur utilité. Son regard est dans le vide, je le vois faiblir et respirer de grandes bouffées d'air. Quant à moi, je suis toute gaie, voyant que ma surprise atteint son but. Il est fou sur sa chaise. Un dernier coup pervers sur son gland, histoire d'avaler sa petite goutte qui brille sur son engin au bord de l'explosion.

« Je t'en supplie, ma chérie, viens sur moi ! Je n'en peux plus ! Tu me rends dingue, c'est terrible ! Viens, viens, s'il te plaît ! »

Dans un dernier baiser fougueux, j'approche ma chatte de son pénis. Je suis à quelques millimètres de son désir. Mes hanches font un petit rond autour de son bout rouge. Enfin, je pose mon fin duvet sur son sexe. Je frôle sa peau si sensible. Il ne peut toujours pas entrer en moi, malgré ses tentatives vaines de se soulever. Ma vulve toute mouillée effleure son mât. Je fais en sorte que seul son gland soit en contact avec mes lèvres. Juste quelques millimètres. Nos sexes ne se pénètrent pas réellement, mais ils sont bel et bien en contact par de légers attouchements. Cette danse interdite atteint son zénith lorsque, terrassé par la stimulation, mon chéri est pris d'un spasme impressionnant. Je ne l'ai jamais vu comme ça. Il se raidit, puis tout son corps tremble. Au même moment, il jouit en larges saccades. Son sperme s'abat sur moi en longues giclées sur mon ventre et les poils de mon pubis.

Après son orgasme foudroyant, il semble inanimé, son corps tremblote, tout comme sa queue qui remue, comme prise de tics incontrôlables. Je mets en avant mon minou sali par sa semence. Il tarde à reprendre ses esprits, puis il nettoie mon sexe affectueusement. Il peut savourer le mélange de nos deux liqueurs d'amour. Une fois le travail terminé, il commence même à taquiner mon clitoris avec une certaine dextérité. Je m'assieds sur lui, dans ses bras. Nos deux corps sont l'un contre l'autre, assis sur cette chaise, complices dans notre passion. Nos deux êtres sont bouillants, ma tête posée contre son torse entend son cœur battre nerveusement.

Nous restons ainsi le temps que mon compagnon reprenne ses esprits. Je le regarde ensuite et lui dis :

« Tu as aimé ? »

Il me regarde, les yeux vidés et épuisés, l'air hébété, son sexe semble ne plus réagir. Nous demeurons les yeux dans les yeux, je lui caresse amoureusement les cheveux. Sa verge semble reprendre de la vigueur et elle s'allonge le long de ma cuisse. Je la prends dans ma main et murmure à mon partenaire :

« On passe à la suite, mais cette fois-ci, j'enlève tes menottes... »

Les voisins

Nous sommes dimanche et il est près de 21 heures. Il commence à peine à faire noir puisque c'est l'été. Comme ma femme est partie pour la fin de semaine avec ses parents, je me décide d'aller nettoyer l'extérieur de la maison. Je range les jouets des enfants dans la remise, replace les chaises de notre ensemble patio et m'apprête à ramasser tous les petits déchets qui traînent le long du terrain lorsque j'entends un bruit d'eau. Je cesse mes mouvements afin de mieux entendre d'où proviennent les sons. Ils semblent venir d'une piscine. Mes voisins s'y trouvent souvent, alors je continue mon ménage. Je lève les yeux alors que je longe le terrain et aperçois mes voisins seuls dans leur piscine. D'habitude, les enfants sont toujours dans l'eau avec eux. Ils s'embrassent éperdument. Je souris à les voir. Comme je retourne à mes affaires, je vois monsieur tirer sur la corde de son bikini. Je reste bouche bée. Elle se laisse faire et penche sa tête afin de lui permettre de retirer complètement son haut. Je la regarde se tourner vers lui pour lui offrir deux beaux seins magnifiques. Il les prend avec joie et l'embrasse de nouveau en lui massant les seins maintenant durs. Il baisse sa tête et aspire l'eau qui les couvre.

Je ne vois pas bien et décide de m'approcher, toujours caché par les arbres, aussi près que je puisse me rendre sans me faire prendre. Je ne sais pas ce qui m'envahit, mais je suis hypnotisé, car j'ai toujours trouvé cette dame jolie. J'étire le cou en me tenant à un arbre. Elle penche la tête vers l'arrière et il lui embrasse le cou sans lâcher ses seins. Je me surprends à bander un peu à ce spectacle qui se déroule devant mes yeux. Le voilà qui disparaît sous l'eau ! Après quelques secondes, il remonte à la surface avec la culotte de bikini de madame qui rigole des bouffonneries de son copain. Elle enlève le bikini qui est sur sa tête et le lance au loin dans l'herbe ! Elle doit vraiment se croire seule pour faire un geste de la sorte. Tant mieux pour moi ! Monsieur se penche et, à son tour, il retire son maillot de bain. Elle s'en empare immédiatement et le lance rejoindre le sien par terre. Ils se rapprochent tout en s'admirant dans leurs costumes d'Adam et Ève. On dirait que c'est la première fois qu'ils se voient nus tellement la passion les dirige. Je la vois qui emprisonne la taille de Guy de ses jambes. Elle lui offre ses seins en cambrant le dos vers l'arrière et un mouvement se fait voir. Ils font l'amour dans leur piscine et je les regarde. Je l'entends gémir tout doucement avec une sensualité incomparable.

Elle monte jusqu'à la deuxième marche de l'escalier et se tourne dos à lui. Elle prend chaque côté des barreaux des marches et allonge ses bras aussi loin qu'elle le peut de façon à faire ressortir son beau petit fessier de l'eau. Elle cambre le dos et voilà Guy qui approche lentement en examinant chaque centimètre de sa femme. Il plonge sous l'eau et remonte à la surface, dos aux marches de façon à faire face à la chatte de sa femme qui est à peine sortie de l'eau. Il la lèche lentement. Je regarde le visage de Sophie changer. Elle est si expressive, elle semble adorer. Il la sirote de plus en plus fort et enfonce son visage dans son pubis, le menton à l'eau. Il prend les fesses de sa conjointe dans ses mains. À chaque petite tape qu'il lui inflige, elle redouble d'effort. Il insère deux doigts dans son vagin que j'imagine rempli de jus d'excitation et continue de la déguster. Je la regarde se déhancher et gémir. J'essaie de changer de position afin de mieux voir et trouver le meilleur angle, mais je trébuche sur une petite branche au sol, qui craque et vient briser la tranquillité de la nuit. Je cesse tout mouvement lorsque Guy et Sophie se tournent brusquement dans ma direction. Je respire à peine et garde la tête basse espérant qu'ils vont croire que c'est un petit animal.

« Qui est là ? demande Sophie. Stéphane… c'est toi ? »

Merde ! Comment peut-elle savoir que c'est moi ? Je ne réponds toujours pas, en espérant qu'ils retournent vaquer à leurs occupations. J'ouvre le coin de mon œil et la vois sortir complètement nue de la piscine. Elle s'approche vers le bois qui nous sépare, sans même se rhabiller. Je ne sais plus quoi faire. Tout en approchant, elle dit :

« Stéphane, c'est toi ? Mais que fais-tu là ? »

Avec une honte indescriptible, je me relève lentement et sans la regarder, je bredouille.

« Regarde-moi quand je te parle, Stéphane. Est-ce que tu nous espionnais ? Tu aimes ce que tu as vu ? Tu veux en voir plus ? Allez, regarde-moi.

— Hum… non, non, c'est pas cela, Sophie. Mon fils a perdu son jouet et je le cherchais dans le coin. Je ne peux te regarder, tu es nue !

— Et alors ? Tu ne me trouves pas belle ?

— Mais Guy est juste là.

— Donc, en cherchant ton jouet, tu as eu assez de temps pour savoir que je suis nue avec Guy. Je ne te crois pas. Tu veux voir de plus près ? Viens avec moi, viens nous regarder.

— Je ne peux pas. Ma femme…

— Ta femme est partie pour la fin de semaine, on le sait tous. Tu as le choix de venir avec moi ou que je discute avec ta femme à son retour afin de lui dire que j'ai surpris son mari à nous regarder faire l'amour dans la piscine alors qu'elle était partie.

— Tu ne ferais pas une telle chose ! »

Je relève la tête, surpris par la menace, et la vois devant moi, nue. Elle est magnifique. L'eau pétille presque avec les rayons de la lune sur son corps. Ses seins sont jolis et ronds. Ses grands cheveux noirs sont lissés vers l'arrière. Superbe vue !

« Alors ? me demande-t-elle. Quel est ton choix ?

— Je… Je… »

Je n'ai pas le temps de répondre qu'elle se retourne et commence à marcher vers la piscine où Guy l'attend. J'ai honte, je suis excité et je ne sais quoi faire. Ses fesses sont aussi rondes que ses seins et elle a une démarche à faire craquer le ciment. Qu'elle est belle ! Elle se retourne et me fait signe d'approcher. Je me sens bizarre. Je ne sais plus quoi faire. Je me suis fait prendre la main dans le sac et si ma femme savait cela ? Elle qui est déjà un peu jalouse de notre voisine. Non, je ne peux pas. Je m'avance à petits pas. Je ne sais pas à quoi m'attendre. Est-ce que Guy sera fâché de savoir que je me cachais dans le bois ? Et si ma femme venait à savoir que je suis allé regarder nos voisins baiser pendant son absence ? Tous les scénarios imaginables trottent dans ma tête tandis que je continue de suivre Sophie. Mes pensées cessent subitement alors que Guy me dit :

« Finalement, Sophie va réaliser son fantasme de voir Stéphane nous regarder baiser. Bienvenue, mon homme ! J'espère que tu vas aimer. Tu vas voir, Sophie est magnifique quand on fait l'amour. Installe-toi juste ici, devant les marches, on va reprendre là où tu nous as interrompus. »

Sophie se fait un plaisir de me rappeler que si je ne m'exécute pas, elle dénonce tout à ma femme. On m'ordonne de prendre place devant les marches, assis, et de mettre mes pieds dans l'eau sur la première marche. Hésitant, je fais ce que l'on me dit. Je me sens un peu excité à l'idée de devoir obéir et de regarder cette femme devant moi. Au moins, je serai assez près pour bien voir cette fois. Ils reprennent place comme ils étaient tantôt; elle sur la deuxième marche, bras étirés, dos arqué, fesses éloignées, et lui, dos aux marches, qui replonge dans la chatte de sa femme. Je ne peux m'empêcher de bander de voir en détail la langue de mon voisin fouiller les parties profondes de sa femme et elle se tortiller devant moi, si près. Elle me regarde avec un sourire satisfait et très excitée par cette situation. Elle me fixe droit dans les yeux, qui sont pétillants. Je baisse le regard, car cela suffirait presque à me faire éjaculer dans mes pantalons.

Je sursaute quand elle abaisse sa belle poitrine afin de les frotter sur mes genoux tout en se faisant manger par Guy. Je l'entends qui la lape. Elle adore. J'essaie d'ouvrir un peu mes genoux pour que ses seins ne me touchent plus, car ils me rendent complètement dingue. C'est à ce moment qu'elle demande à Guy d'arrêter son cunnilingus. Elle me demande d'enlever mon pantalon et sous-vêtement afin d'être nu comme eux. Je refuse, je ne veux surtout pas qu'ils voient mon érection, alors on me rappelle la promesse. Sophie va dans l'eau et déboutonne mon pantalon. Je m'empresse de le faire à sa place et retire le tout. Guy lui dit:

« C'est ton fantasme, ma chérie. Tu peux faire ce que tu veux. Tu as mon accord.

— Pardon ? demandé-je Mais que veux-tu faire ? »

Sophie ne répond pas. Elle frôle de ses ongles mon gland qui se contracte immédiatement et je durcis encore plus. Je deviens nerveux et excité en même temps. Elle lèche ses lèvres et flatte mon pénis avec une douceur incroyable. Elle me dit de me détendre, qu'elle ne me fera pas mal. J'ai le goût de rire et de me sauver aussi vite que mes jambes pourraient le faire, mais je reste cloué là. Je regarde Guy qui, lui, observe Sophie admirer mon membre dur. C'est une drôle de sensation. Elle s'abaisse maintenant et enrobe mon pénis de sa petite bouche. Je raidis à cette chaleur intense.

Guy me dit de relaxer, qu'elle a beaucoup d'expérience et que je vais adorer. Je suis confus. Je ne peux pas croire qu'il regarde sa femme sucer un autre homme et en être excité ! Mais il a raison, je perds vite la boule à son toucher.

Elle mange mon pénis en érection comme si c'était un bonbon. Elle tourne sa langue sur mon gland, elle l'aspire au fond de sa gorge et, méticuleusement, elle empoigne mes testicules et les masse. De son autre main, elle me masturbe tout en me suçant et me léchant. Elle prend une pause et me regarde, mon cœur débat tellement. Ah ! que c'est bon ! Ses yeux pétillent encore plus que tantôt. Elle demande à Guy de la prendre en levrette. Elle me dit de me reculer un peu, et les deux montent chacun d'une marche. Je regarde Guy qui tient son pénis de main ferme s'insérer lentement dans la chatte de Sophie. Il la pénètre avec lenteur et pose ses deux mains sur ses hanches. Elle pousse un gémissement et me regarde. Elle me demande si j'aime les voir baiser, je ne peux que hocher la tête. Le claquement des fesses de Sophie contre l'abdomen de Guy semble plus fort avec l'eau qui les envahit.

La voilà qui se penche, élevant son petit cul pour Guy. Elle me dit de baisser mon corps afin d'être maintenant couché. Elle reprend sa fellation. Incroyable... elle a des doigts de fée sur mes testicules, elle est près de venir car elle me suce avec ardeur et serre mon pénis dans ses mains. Elle me lâche soudainement et me dit de me rasseoir, ce que je fais immédiatement. Elle me dit de les regarder jouir. Guy tient maintenant les barreaux des marches de piscine tandis que Sophie s'appuie sur le patio afin de garder son beau postérieur bien élevé. Guy la fourre de plus en plus vite et de plus en plus fort alors que Sophie gémit follement, se mordant les lèvres. Elle relève la tête brusquement et lance ses cheveux vers l'arrière d'un mouvement de tête sexy. La voilà qui jouit devant mes yeux éblouis et Guy ne cesse surtout pas son mouvement de bassin. Il se retire de sa chatte, et elle s'agenouille sur la marche pour lui permettre de venir sur ses fesses et son dos. Alors que Guy se branle au-dessus des fesses de Sophie, elle empoigne mon membre sur le bord d'éclater et me suce vivement alors que Guy éjacule tout son liquide sur son dos et ses fesses.

Elle dandine son derrière, car elle aime sentir la chaleur du sperme de son mari sur son corps. Elle abandonne mon membre et m'ordonne de faire comme Guy. Elle veut que je me branle et éjacule sur ses seins. Elle veut avoir du sperme sur chaque côté de son corps. Je me branle et elle empoigne mes testicules. Me voilà qui pousse un cri de jouissance et regarde mon sperme blanc et épais s'étaler sur les seins de ma voisine. Elle gémit et l'étale à mesure qu'il éclabousse sur elle. Elle en met sur ses seins et pince ses bouts alors que Guy fait de même sur son dos et ses fesses. Elle se tourne vers Guy et ils s'embrassent. Elle lui dit merci. Elle se retourne de nouveau vers moi et me remercie à mon tour et promet de ne jamais rien dire à ma femme de cette aventure, qu'elle avait un fantasme à réaliser et qu'elle est heureuse que ce soit moi qui le lui aie offert. Elle me remet mon pantalon et me dit que je peux maintenant retourner à la maison. Elle saute à l'eau pour se rincer un peu et Guy me salue de la main. Je me relève, les regarde à nouveau, souris et repars chez moi. Je suis toujours aussi surpris des événements mais très heureux et satisfait, car était-ce vraiment son fantasme ou le mien ?

Mon jouet

Parfois, mon amoureux et moi regardons, tard le soir, des films pornos. Lui aime énormément ça. Il dit que ça stimule son imagination. Moi, je crois plutôt que c'est une manière pour lui de faire l'amour à d'autres femmes sans me tromper réellement. Alors que je croyais que les films pornos étaient tous identiques à quelques exceptions près, j'ai eu une révélation. J'ai vu une des scènes les plus érotiques de ma vie ; elle ne comportait pas d'homme, juste deux femmes. Celles-ci s'embrassaient et se câlinaient longuement. Puis, une fois nues et leurs énormes seins suffisamment léchés, elles se placèrent en 69 pendant quelques minutes. Puis, une des filles sortit un gode avec un harnais et elle se mit à défoncer sa copine comme si elle était un homme. Depuis le temps où je me faisais pénétrer par ces longs engins masculins, c'était la première fois que je me demandais ce que mes amants pouvaient ressentir. Ce que cela devait être d'insérer la plus intime partie de son anatomie dans la chatte trempée d'une charmante demoiselle et se répandre en elle. Et voir une femme jouer le rôle d'un homme m'a donné une formidable idée : l'imiter.

Un soir de semaine, alors que mon conjoint faisait des heures supplémentaires, j'ai su que c'était le moment ou jamais de passer du rêve à la réalité. Je suis sortie de chez moi emmitouflée dans mon manteau et avec de gigantesques lunettes de soleil, et je suis allée faire un tour à la première boutique érotique que j'ai croisée. J'étais terriblement timide. J'ai dû faire quelques fois le tour du magasin avant d'oser m'arrêter devant ce qui m'intéressait. Il y en avait de toutes les grosseurs, de toutes les longueurs et de toutes les couleurs. Certains pouvaient vibrer tout seuls grâce à des piles. D'autres avaient été créés davantage pour le plaisir anal. J'ai toutefois arrêté mon choix sur celui qui ressemblait le plus à un vrai membre viril, bien que je l'aie pris un peu long. Mais je me devais bien d'avoir un petit avantage sur mes compétiteurs masculins !

Aussitôt arrivée à la maison, je l'ai déballé immédiatement et enfilé. Juste le fait de le voir se tenir dressé devant moi, j'ai éprouvé un fort sentiment de puissance et de virilité. Tout ce qui me manquait, c'était une femme qui accepte de se prêter à mon jeu. Ce soir-là et les autres suivants, je me suis exercée avec mon nouveau jouet. Je devais être la seule femme du monde qui mimait l'acte dans son lit afin de ne pas décevoir sa future conquête. Pendant que je m'entraînais, m'imaginer le voir s'enfoncer dans une chatte humide de désir me faisait presque jouir.

Un jour, alors que mon amie Anne est chez moi, elle me demande si elle peut m'emprunter un livre que je viens tout juste de finir. Je lui dis qu'elle peut aller le chercher sur le dessus de ma table de chevet. À ce moment, je suis bien loin de me douter de la voir revenir avec mon copain. Je devais avoir oublié de le ranger après ma séance de pratique de la matinée. Je deviens rouge et honteuse.

Anne, la petite garce, prend ça en riant. « Il est bien gros et long ! » me dit-elle. Puis, elle me questionne sans arrêt sur le sujet, alors je suis obligée de lui avouer mon fantasme. Sur le coup, nous rions, mais quelques jours plus tard, le sujet revient sur le tapis.

« J'aimerais bien te voir avec ton membre, me dit-elle.

— D'accord. Mais comprends que la seule qui me verra le porter devra coucher avec moi.

— Si tu te montres convaincante, on pourrait peut-être s'amuser ensemble », me glisse-t-elle à l'oreille.

Il ne m'en faut pas plus. Je saute donc sur l'occasion. Nous dégustons tranquillement une bouteille de vin, question d'être plus détendues. Aussitôt la dernière goutte bue, nous nous regardons attentivement dans les yeux, puis nous nous embrassons lascivement. Ma main, après avoir fait le tour de ses voluptueuses courbes féminines, déboutonne quelques-uns de ses boutons et se fraie un chemin dans son chemisier.

Je commence à caresser sa plantureuse poitrine qui m'a rendue si souvent jalouse. Dans notre quête de sensations, nous arrachons respectivement nos chemisiers et nos soutiens-gorge. Ma langue sur ses seins a pour effet d'augmenter son rythme respiratoire. Mais ce qui la fait soupirer, c'est quand je frotte mes seins contre les siens.

Une fois dans la chambre, nous faisons tomber le reste de nos vêtements. Elle ouvre ma table de chevet et sort mon fameux jouet. Elle s'agenouille devant moi et fait passer chacun de mes pieds dans les encolures de mon harnais. Une fois à la hauteur des reins, elle serre mon harnais afin qu'il tienne bien durant l'acte. Elle se couche ensuite sur le lit et écarte les cuisses. Elle m'offre son intimité sur un plateau d'argent. Je m'agenouille sur le lit et approche mon pénis de sa chatte.

« Qu'est-ce que tu fais ? me demande-t-elle. Si tu veux me pénétrer, il faut que tu me fasses un cunnilingus avant. »

Il n'est pas question d'obéir. C'est moi l'homme dans notre couple spontané, c'est donc à moi de décider l'ordre des choses. Mais Anne ne voit pas ça de cette manière. « Si tu ne fais pas ce que je te demande, je me rhabille et on n'en parle plus », me lance-t-elle comme ultimatum.

Voyant qu'elle est sérieuse, je mets de côté mon orgueil masculin. Si j'avais su, je me serais organisée pour la ligoter au lit ! Alors, je me repositionne pour la satisfaire. Un parfum doux, discret, aphrodisiaque, mais combien enivrant, émanant de son intimité éveille mes sens. Je reste figée devant une telle beauté. Voir son petit bourgeon rose me rappelle un moment de mon adolescence. Mais ça, c'est une autre histoire...

Ma langue va et vient par petits coups, aussi profondément que possible au creux de son sexe sulfureux. Au bout de quelques minutes d'intensives caresses, je vois les abdominaux d'Anne se contracter et des spasmes commencent à la secouer. Je lève la tête quelques instants, mais ses mains empoignent ma tête et elle me hurle : « N'arrête pas ! Continue ! »

C'est dans cette position que je suis obligée de la transporter au septième ciel.

« C'était divin ! me dit-elle.

— J'espère que tu es multiorgasmique parce que je ne m'arrête pas maintenant ! » lui ai-je répondu en me collant contre elle.

Mon instrument de latex, qui, jusqu'à présent, n'avait presque pas eu d'attention, est maintenant à quelques centimètres de l'entrée de sa chatte. Anne s'apprête à me dire quelque chose. Mais avant même qu'elle ait terminé de prononcer la première syllabe, je l'embrasse afin de la réduire au silence.

Ça faisait trop longtemps que j'attendais ce moment. Il n'est donc pas question que je lui donne l'occasion de m'imposer d'autres restrictions. Pendant qu'elle est toujours occupée à savourer ma langue imprégnée du goût de son nectar intime, je cambre délicatement mes reins afin d'insérer graduellement ma queue en elle. Je procède très lentement. Je dois être à moitié entrée lorsqu'Anne agrippe mes fesses et me colle contre elle afin que je m'enfonce complètement d'un coup raide. À ce moment-là, l'expression de son visage est indescriptible.

Pendant mes mouvements de va-et-vient, Anne se contente de m'embrasser, de me glisser des mots cochons dans les oreilles, de gémir et de crier. Puis, on fait une dizaine d'autres positions et on termine avec la levrette. Je dois dire qu'après quelques minutes, ma position préférée en tant que femme est maintenant devenue ma favorite en tant qu'homme. M'agrippant à ses hanches et à ses seins et frottant mes mamelons hérissés dans son dos, je ne cesse de lui donner des coups de bassin. Finalement, je m'arrête lorsqu'elle atteint un deuxième orgasme. Mon seul regret est que je suis incapable d'éjaculer en elle.

Après quelques minutes de repos, Anne, blottie contre moi, me demande :

« C'est l'anniversaire de Stéphane samedi prochain. Je suis sûre qu'il aimerait que tu passes la nuit dans notre lit en guise de cadeau. Qu'est-ce que tu en penses ? »

Je réfléchis quelques secondes et je réponds en ricanant :

« Est-ce qu'il est bisexuel ? »

Vous avez compris que je n'ai pas l'intention de me séparer de mon nouvel ami de sitôt !

La caméra Web

Eh oui! me voici de nouveau célibataire. Je ne sais pas pourquoi, mais ma plus longue relation à ce jour a été d'un an et quelques mois. Je ne semble pas pouvoir garder un homme à mes côtés. Cela commence à m'embêter un peu. Je pleure ma nouvelle perte comme toujours et deux jours plus tard, je retourne à la chasse. Je m'inscris à un site de rencontre pour la première fois sur Internet. J'ai toujours trouvé l'idée ridicule et que c'est fait pour les gens moins beaux ou qui ne sortent jamais. Oh que je me suis trompée à ce sujet! Je suis très agréablement surprise de voir combien de gens, très sexy, très jolis se retrouvent sur ces sites. Me voilà accro! C'est une vraie maladie! Je suis maintenant inscrite à trois sites différents de façon à augmenter mes chances et aussi pour le plaisir de me faire dire de petits mots doux par plus de personnes, qu'elles soient hommes ou femmes.

Entre le travail, les amis et ce nouveau passe-temps, je ne m'ennuie pas ! D'ailleurs, j'arrive fatiguée au travail parce que j'ai clavardé jusqu'aux petites heures du matin, mais cela m'est égal. Je m'amuse comme une enfant. J'ai même rencontré des gens ici et là, parfois pour des aventures d'un soir, parfois pour prendre un café. Un soir, un homme, avec lequel je discute depuis déjà quelques mois, me fait une demande spéciale. Puisque nous avons échangé nos photos par courriel, je sais qu'il est beau, qu'il a de grands yeux bruns, des cheveux foncés mais courts, un sourire fondant, une toute petite barbichette autour de la bouche. Il doit mesurer 1,80 mètre et il est en bonne forme physique. Pourtant, nous n'avons jamais osé nous rencontrer encore, de peur de perdre ce lien d'amitié que nous avons créé. Son pseudonyme est le Thon ; il ne m'a pas encore donné son nom réel. Donc, sa demande me surprend un peu : il veut savoir si je possède une caméra Web. N'étant pas à la fine pointe de la technologie, je l'informe que je n'en possède pas. Il insiste pour que je m'en procure une. Je n'attends guère ! Dès que ma journée de travail se termine, je me précipite au magasin d'électronique le plus près et me retrouve dans le rayon des ordinateurs et cherche un vendeur.

« Bonjour, madame. Est-ce que je peux vous aider ?

— Oui, merci. Je cherche une caméra Web. J'aimerais des détails sur le fonctionnement.

— Excellent. Venez voir ce que nous avons en magasin et on décidera laquelle de nos 10 modèles vous conviendra le mieux. »

Je suis ce jeune homme jusqu'au rayon. Il prend un bon 30 minutes pour m'expliquer les utilisations multiples de ce petit appareil vidéo et photo et j'arrête finalement mon choix sur l'une d'elles. Puis, je quitte fièrement le magasin avec mon nouvel achat. Arrivée à la maison, j'oublie de souper tellement je suis excitée de brancher ce petit gadget à mon ordinateur. En attendant de contacter le Thon, je décide de souper; je suis anxieuse. J'entends la sonnerie d'avertissement de mon ordinateur, il est en ligne! Je me précipite aussitôt à l'ordinateur et m'installe confortablement pour clavarder.

Le Thon: Salut, ma belle Abeille! Comment a été ta journée aujourd'hui?

Abeille30: Bonsoir, le Thon. Journée très occupée mais très productive. Devine quoi! J'ai fait un achat aujourd'hui!

Le Thon: Ah oui? Tu as finalement décidé de te joindre au monde du Web?

Abeille30: Oui, monsieur! J'ai une toute nouvelle caméra Web reliée à mon ordinateur.

Le Thon: Alors, ouvre-la, laisse-moi te voir.

Abeille30: C'est fait. Salut! Tu me vois bien?

Le Thon: Oh que oui! Tu es magnifique. Tes photos ne te rendent pas justice.

Abeille30: Merci. Tu me gênes.

Le Thon: Je peux te demander quelque chose?

Abeille30: Bien sûr. Je t'écoute.

Le Thon: Tu veux te mettre nue pour moi? J'aimerais tant te voir.

Abeille30: Nue? Tu veux que je me mette complètement nue devant la caméra?

Le Thon: Oui. Je t'en prie.

Abeille30: Et moi? J'ai quoi en retour si je fais cela?

Le Thon: Je te promets cette rencontre que tu veux tant depuis quelques mois.

Abeille30: Alors, si j'ai bien compris, je me mets nue devant cette caméra et on pourra finalement se voir en personne d'ici disons quatre jours?

Le Thon: Promis!

Abeille30: C'est bien. Patiente quelques secondes.

Me voilà déjà excitée. Ce que le Thon ne sait pas, c'est que j'adore m'exhiber devant les yeux voyeurs d'un homme. Cela m'excite terriblement, mais je ne veux pas le dévoiler tout de suite, alors j'essaie de reprendre mes esprits afin de ne pas mouiller devant la caméra et me dévoiler tout de suite. Je retire lentement mon chandail, suivi de mon pantalon. Je fais un tour sur moi-même pour lui montrer mes sous-vêtements. Je retire maintenant mon soutien-gorge et ma petite culotte. De nouveau, je fais un tour sur moi. Le Thon ne fait que m'envoyer des encouragements, me disant combien j'ai un corps magnifique et désirable, que je le fais bander, que je suis belle à croquer et qu'il ne peut attendre à notre rencontre. Je ferme la caméra maintenant qu'il a tout vu et on se fixe un rendez-vous.

Le jour arrive enfin. Il est encore plus beau que sur sa photo lui aussi. La chimie opère presque instantanément.

Le Thon s'appelle en réalité Guy. Il m'a avoué être un voyeur et que chaque spectacle que je lui accorde le rend complètement fou de désir. Chaque soir que l'on se quitte, je branche ma caméra et lui offre des spectacles de plus en plus osés. Et chaque fois que nous sommes ensemble, nous baisons comme des lapins en chaleur et c'est fantastique. Je n'ai jamais joui de cette façon de toute ma vie.

Un soir, Guy me demande de brancher ma caméra. Je souris, car je sais qu'il veut me voir encore. Je me presse d'enfiler mon plus bel ensemble de sous-vêtements, jarretelles et bas. Je porte un petit veston de soie blanche par-dessus le tout. Puis, je m'installe devant la caméra. Guy aime beaucoup le blanc et le noir sur moi. J'attends qu'il se branche à son tour. Le voilà! Je suis excitée de le voir en ligne. Cette fois, il a une demande spéciale. Il veut un strip-tease, suivi d'une séance de masturbation, mais cette fois, je dois offrir ce spectacle à des étrangers sur un site échangiste auquel il dit nous avoir inscrits. Je discute un peu avec lui avant d'accepter. Guy m'explique que tout comme moi, il adore faire l'amour avec des gens nouveaux, mais qu'il veut me rester fidèle, qu'une bonne façon d'avoir le meilleur des deux mondes serait que j'accepte l'échangisme. Je finis par accepter sa demande, car j'adore m'exhiber. Et si mon conjoint accepte que d'autres hommes me regardent, cela m'excite encore plus. Je suis les instructions de Guy, j'entre sur le site avec le nom et le mot de passe qu'il nous a créés. Il me dirige ensuite sur un *party* de caméra Web. Lorsque je clique sur le lien, dix carrés s'affichent sur mon écran. Sur chacun d'eux apparaît une image; des hommes et des femmes sont seuls à clavarder, et d'autres sont en couple. Quelques-uns se masturbent à l'écran pour les voyeurs. Je me sens à la fois déboussolée mais excitée. Il y a même une petite fenêtre sur laquelle je vois le nom de mon ami apparaître et me dire :

Le Thon : Allez, Abeille30, tu sais quoi faire et tu m'excites énormément. Montre à ces gens ton corps sublime.

Je souris et me sens rassurée de savoir que Guy est bien là. J'allume ma caméra et me vois apparaître dans une des petites fenêtres libres. Je ne bouge point. Je vois défiler plusieurs commentaires dans la fenêtre de clavardage. Je souris et commence lentement à bouger au son d'une musique qui joue à la radio. Plus mes mouvements sont langoureux, plus les commentaires sont bons. Cela m'encourage énormément. Je vois même Guy m'encourager. Je me dandine, je touche mes seins et mes mains longent mon corps. Je retire ma blouse dos à la caméra car je n'ai pas de soutien-gorge ce soir, croyant danser pour Guy seulement.

Je me retourne lentement tout en cachant mes seins de mes mains. Je suis de plus en plus excitée, sachant que tous ces hommes et femmes me regardent et que mon conjoint lit leurs commentaires sur mon corps. Je retire mes mains afin de montrer mes seins à la caméra. Je pince doucement mes bouts qui se dressent immédiatement et qui pointent la caméra.

Je continue de me déhancher et je retire mes jarretelles une à une. Je fais descendre mes bas lentement le long de mes grandes jambes et, finalement, je retire ma petite culotte. Me voilà complètement nue, sauf les talons hauts que Guy m'a demandé de garder à mes pieds. Je tire une chaise vers mon bureau d'ordinateur et m'y installe, les fesses vers le bout de la chaise, le dos arqué vers l'arrière, et je pose mes pieds sur le bureau de façon à offrir une des meilleures vues possible sur ma chatte trempée de désir et de plaisir.

Je touche mes seins et glisse mes mains dans mon entrejambe. J'ouvre de mes deux majeurs ma chatte et titille mon clitoris. Je me déhanche sur ma chaise lorsque j'insère un doigt, puis deux dans mon vagin en feu. Je sens la sève couler le long de mes doigts, je suis tellement excitée que je pourrais jouir sur-le-champ. Je retire mes doigts et les porte à ma bouche pour les lécher un à un. Les messages filent à toute allure. Je vois même des hommes se branler. Je prends mon godemiché que je garde près de mon ordinateur. Je l'insère dans ma chatte qui l'aspire comme une paille. Je fais des va-et-vient tout en me tortillant.

Puisque je sais que Guy adore la sodomie, je me retourne sur ma chaise et me place à quatre pattes de façon à montrer mon postérieur à la caméra. J'insère le godemiché rempli de sève vaginale dans mon rectum. J'envoie la tête vers l'arrière, j'ouvre grandes les jambes et, de mon autre main, je me masturbe. Je fais ce jeu aussi longtemps que je le peux. Je sens mon corps proche de l'orgasme. J'insère et retire le godemiché de mon anus plus rapidement, plus fort et plus profondément, et je continue d'enfoncer mes doigts dans ma chatte qui pétille et de les retirer pour jouer avec mon clitoris, tout ça en alternant. Je n'en peux plus, j'imagine Guy me sodomiser comme il le fait si bien et, finalement, je jouis. Je pousse un cri alors que ma tête se renverse. Je peux à peine bouger le godemiché tellement l'orgasme est violent. Je m'effondre sur le bord de la chaise jusqu'à ce que je reprenne mon souffle. Une fois revenue à moi, je retire lentement le godemiché de mon postérieur et le dépose à côté de moi. Je prends mes fesses de mes deux mains et les ouvre grandes pour afficher mon arrière bien mouillé et ma chatte qui dégoutte.

Je me tourne à nouveau pour faire face à la caméra. Il y a des hommes et des femmes qui se masturbent; je les vois éjaculer sur leurs tables, et les femmes se tortiller sur leurs chaises. Je remets mon chemisier de soie blanche et lis les commentaires. Il y en a tellement. Guy me demande de fermer ma caméra, ce que je fais. Puis, il m'écrit un message personnel que personne ne peut lire.

Le Thon: Chérie, j'ai trouvé un couple que tu as rendu complètement fou. Je vais les rencontrer dans 30 minutes, puis nous nous rendons chez toi. Prends ta douche, fais-toi belle et attends-nous, on fera la fête à quatre comme tu as toujours rêvé!

Il ferme son message avant même que je puisse répondre. Une nouvelle vague d'excitation s'empare de moi, et je cours à la douche.

Sommaire